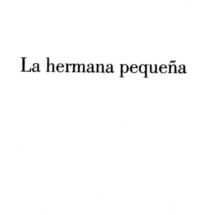

La hermana pequeña

Carmen Martín Gaite

La hermana pequeña

EDITORIAL ANAGRAMA

BARCELONA

Diseño de la colección:
Julio Vivas
Ilustración: «Espejo», Antonio Fabrés Costa, Museo de Arte Moderno
   de Barcelona.

© EDITORIAL ANAGRAMA, S.A., 1999
   Pedró de la Creu, 58
   08034 Barcelona

ISBN: 84-339-1093-0
Depósito Legal: B. 9600-1999

Printed in Spain

Liberduplex, S. L., Constitució, 19, 08014 Barcelona

TEXTO PARA EL PROGRAMA

Escribí esta obra ya hace muchísimo tiempo, por sugerencia de Lali Soldevila, que tenía ganas de interpretar un personaje desvalido e ingenuo, pero no encasillado estrictamente en lo cómico. Ella habría sido la hermana pequeña. No llegó a serlo nunca sobre las tablas, a pesar de lo mucho que le gustó el papel, porque la puesta en escena de cualquier espectáculo requiere, como todo el mundo sabe, una serie de contactos, gestiones y diligencias que Lali me creyó capacitada para llevar a cabo con convicción y eficacia. Se equivocaba. El proceso de mis intentos esporádicos por convertir aquel texto en representación lo comparo ahora con el periplo de esos viajantes que tratan de colocar a domicilio una mercancía averiada. A mí no me lo parecía, pero a los presuntos compradores sí. Sólo diré que a lo largo del tiempo (y, por supuesto, cuando Lali ya no podía ser la hermana pequeña) el texto ha sido leído por múltiples y variados directores, actores y empresarios. Solían opinar –si mal no recuerdo– que era más lo que se dice que lo que pasa. A quien más interesado vi por la historia fue a José Luis Alonso. Pero todo quedó en agua de borrajas.

Acabé metiendo la obra en un cajón y olvidándome de ella casi por completo, aunque cuando me la he topado entre mis papeles viejos y le he echado una ojeada nunca me he decidido a romperla, porque sigue sin parecerme mal articulada ni tediosa. Lo que desde luego aprendí es que escribir teatro para resignarse a que los «papeles» nunca se reencarnen en rostros y voces no merece la pena.

Volví, pues, a lo mío de siempre: al cultivo de los diálogos (que nunca se me ha dado mal), pero incrustados en historias donde solamente se precisa del lector para que los reviva a solas en su cuarto.

La entusiasta determinación del Ángel García Moreno por montar ahora *La hermana pequeña* me ha producido esa mezcla de gratitud y nostalgia que nos asalta ante las sorpresas llegadas a destiempo. Y, sin embargo, creo que este «anacronismo» puede favorecer a la obra en sí, que añade a sus posibles valores lo ganado como testimonio histórico, a expensas de perder actualidad.

Ángel García Moreno, en efecto, ha tenido el acierto de situar la acción al final de los años cincuenta, y de respetar meticulosamente el vestuario y decorados de esa época que se refleja a través de la acción.

En cuanto al argumento, tiene reminiscencias de los temas que más nos preocuparon a los narradores de mi generación: el desajuste entre los sueños y la realidad, el afán por emigrar de la provincia a las ciudades grandes, la odisea del crecimiento para los seres débiles y sedientos de amor, el equilibrio inestable entre claudicar o mantener la bandera del inconformismo. Y sobre todo el miedo a la libertad, a ir madurando a solas en una sociedad hostil, que sólo protege a los que se insertan en ella y obedecen sus leyes sin rechistar.

Si todo esto resulta hoy un poco anticuado, que sirva al menos como recordatorio de un puñado de gente que aún no se había plegado en masa a los dictados del dinero fácil.

CARMEN MARTÍN GAITE

La hermana pequeña se representó por primera vez en Madrid en el Centro Cultural de la Villa, el 19 de enero de 1999, bajo la dirección de Ángel García Moreno y con arreglo al siguiente

REPARTO

LAURA . . . . Ana Marzoa

INÉS . . . . Ana Labordeta

GONZALO . . . . Pedro Alonso

BERTA . . . . Carmen de la Maza

PATRICIA . . . . Helga Liné

LORENZO . . . . Andrés Resino

TONI . . . . David Zarzo

Para Lali Soldevila, in memoriam

Acto primero

Habitación de una pensión. Armario de luna. Balcón. Mesa y lavabo separados del resto por un biombo de buen gusto que contrasta con la pobreza de lo demás. Varias sillas.

En el suelo, delante del armario, hay una manta y almohadones, como si alguien hubiera dormido allí. Todo está muy desordenado. Encima de las sillas hay envoltorios de comida a medio recoger y alguna botella. También, por el suelo, recortes de papelitos arrugados. Brasero eléctrico bajo la mesa.

Son las cinco de la tarde, en invierno.

Al levantarse el telón, LAURA *está acostada en la cama con las manos detrás de la nuca y mira al techo con los ojos abiertos. Pasa con creces de los treinta. Debe tener un aspecto desaliñado y natural.*

Viste pijama. A los pies de la cama está su ropa, tirada en desorden.

De codos en la mesa, oculto de LAURA *por el biombo, estudia* TONI, *de unos veintiséis años. Aspecto humilde y simpático.*

ESCENA PRIMERA. LAURA Y TONI

TONI: *(A media voz.)*... En la física de la relatividad, la matemática ya no actúa envolviendo puramente a la naturaleza, sino como plegada al cosmos real... El mundo físico..., el mundo físico... *(Se detiene, echa una mirada a los apuntes.)* Ah, ya: el mundo físico es un mundo relativo a un sistema de coordenadas... *(vuelve a apartar los apuntes),* un mundo relativo a un sistema de coordenadas. *(LAURA alarga un brazo y busca en el suelo junto a los zapatos una cajetilla de tabaco. La coge.)* Decía Dilthey..., decía... *(Con desaliento.)* ¡Dios mío, se me olvida todo! *(Busca en las cuartillas.)* Decía Dilthey..., vamos a ver.

LAURA: *(Ha sacado un pitillo y lo enciende. Cambia de postura y cruje la cama. TONI, al oír estos ruidos, asoma la cabeza por el biombo.)* Hola, Toni. Buenos días.

TONI: ¡Tardes, guapa! Son tardes. Creí que estabas dormida.

LAURA: Me he despertado hace un momento. ¿Cuánto tiempo llevas ahí?

TONI: Desde la una. He comido de bocadillo para no verle la cara a mi tía y aprovechar más el tiempo. No iba a entrar cuando vi que estabas durmiendo, pero como dices que no te molesto... No te habré despertado yo...

LAURA: Qué va, hombre. Al contrario. Cuando me despierto, me gusta oír ese run run que te traes. He dormido como un lirón. *(Bosteza.)* Oye, ¿qué hora es?

TONI: Son... *(Mira el reloj.)* ¡Uy, Dios, casi las seis! *(Se levanta bruscamente y se pone a recoger los apuntes.)* ¡Cómo se me ha pasado el tiempo!

LAURA: ¿Te vas?

TONI: Sí. Estoy citado a las seis con Isabel y enseguida tengo lo de la radio. *(Transición. Con voz alegre.)* Ah, por cierto, una buena noticia. Hablé con el que dirige el cuadro de actores y ahora les hace falta gente. No dejes de ir por allí. Ha dicho que te espera.

LAURA: *(Sin entusiasmo.)* Gracias, Toni. *(Se despereza.)* Ya veremos.

TONI: Nada de ya veremos. Lo de la radio lo pagan, ya lo sabes. Luego, bien mal que lo pasas por despreciar las cosas seguras.

LAURA: Tampoco lo paso tan mal. *(Pequeña pausa.)* Tú, ¿qué tal con el examen?

TONI: No sé. Regular. Me van a quedar unas dos lecciones por ver.

LAURA: ¿Es mañana?

TONI: Mañana, sí.

LAURA: Todavía tienes tiempo. A la noche ven también, si estudias aquí a gusto.

TONI: ¡Claro! El doble que en mi cuarto. Ya sabes que si no vengo más es por la tía.

LAURA: Pero a ella ¿qué le importa? Comprendo que fuera tu novia la que te lo dijera.

TONI: ¿Isabel? ¡Qué va! Pues no tiene pocas ganas de conocerte. Eso precisamente es lo que dice la tía, que las mujeres de ahora no tienen sangre en las venas.

LAURA: ¡Pero mira que le ha entrado manía! Que te dé un cuarto mejor, si no quiere que vengas aquí, y no aquel cuchitril con todos los ruidos y los olores de la cocina, casi sin ventilación.

TONI: Sí, Laura, pero tú, por Dios, no le vuelvas a decir nada. Siempre te estás olvidando de que me tiene gratis.

LAURA: ¡Qué me voy a olvidar! Eso es lo que me da más rabia, que abuse de que te tiene gratis.

TONI: Pero así puedo ir estudiando, mal o bien.

¿Por qué te crees que aguanto, si no? Por no tener dónde caerme muerto. Si ella se harta y me echa...

LAURA: ¡Pero no lo digas con esa voz de víctima y haz lo que te dé la gana! Si además tampoco te echa, qué te va a echar; ¿me ha echado a mí? Y tiene motivos, pero ¿a que conmigo no riñe?

TONI: No. Tú, desde luego, la entiendes muy bien.

LAURA: Claro, porque no le hago caso. Son ocho años, hijo, a ver si no van a valer de nada. Cuando tú los lleves...

TONI: ¿Ocho años? *(LAURA ríe.)* ¡Qué horror! Dios me dé mejor suerte.

LAURA: Pues fíjate, yo no me pienso mover de aquí. Al principio es lo malo. Total ahora ya que nos conocemos bien y hasta casi nos queremos...

TONI: Tú la querrás a ella.

LAURA: Y ella a mí, hombre. Lo que pasa es que necesita templarse los nervios y hablar mal de alguien. Un día me toca a mí y otro día a otro.

TONI: A ti te toca más veces que a los demás.

LAURA: Bueno, yo lo encuentro natural, es una contribución por antigüedad. *(Transición.)* Oye, ¿está encendido el infiernillo?

TONI: Sí; es que tenía frío. ¿Te lo apago?

LAURA: No, no. Te lo decía para que hagas el favor

de ponerme un poco de agua para hacer té. (TONI *va hacia el lavabo. Coge un pucherito de la repisa, lo llena de agua y lo trae al brasero.*) Pues ya te digo, a tu tía ni caso. Si te empeñas en hacer tu santa voluntad, acaba dejándote por imposible. A mí, de mis amigos ya no me dice ni palabra. *(Corte brusco. Se incorpora por fuera de las ropas y se asoma a los pies de la cama, hacia donde está la manta en el suelo.)* ¡Anda, por cierto, ésa ya se ha ido! ¿No había nadie ahí cuando tú entraste?

TONI: No. ¿Dónde?

LAURA: Debajo de esa manta. Es que anoche durmió aquí una amiga mía. Bueno, esta mañana mejor dicho. Luci, esa que está en el Español.

TONI: Pues yo no la he visto.

LAURA: Habíamos quedado en vernos a las cinco. Pero ya...

TONI: Antes te han telefoneado, me parece.

LAURA: Bueno, es lo mismo. Esta noche iré al teatro a verla. *(Salta de la cama y se pone unas babuchas.)*

TONI: *(Tímidamente.)* ¿Esta noche?

LAURA: Sí. (TONI *la mira fijamente.*) ¿Por qué?

TONI: Por nada, porque... creí que habías dicho que esta noche venía tu hermana.

LAURA: *(Consternada.)* ¡¡Mi hermana!! Pues es verdad. Eso sí que es terrible. Lo había olvidado

21

completamente. *(Busca la mirada de* TONI *como para implorar una solución.)* Toni, ya no se puede hacer nada. Ya estará en el tren. ¿Por qué me lo has dicho? Me has hundido la tarde.

TONI: Pero, mujer, eso es una tontería. Te hubieras acordado tú sola. Y además, mejor que lo vayas pensando, si es hoy.

LAURA: Sí, claro que es hoy, pero faltan unas horas y podía haberlas pasado en paz. *(Encarándose con él.)* Además, ¿qué tengo que pensar? ¿Es que se puede pensar algo? Nada. Son cosas que se le vienen a uno encima. Cuando llegue, llegó. Y ya veremos.

TONI: ¿Pero es que no vas a ir a esperarla a la estación?

LAURA: Primero había pensado que sí, luego que no, luego... No sé qué hacer, no sé. No querría tener que saberlo hasta que faltaran diez minutos.

TONI: No te pongas así. Ayer ya te habías hecho a la idea. Estabas conforme.

LAURA: No sé si estaba conforme ayer. *(Irritada.)* ¡Pero ahora me rebulle! Una noticia como ésta es imposible que se asiente, Toni, que no le esté dando a una tumbos en el estómago. *(Se acerca al balcón y se queda mirando de espaldas al público con el visillo alzado.)*

TONI: *(Coge una bata que hay a los pies de la cama*

y se la lleva.) Hace frío ahí, Laura. Te vas a constipar.

LAURA: *(Mientras se pone la bata, con rabia, volviéndose.)* Es que es indignante, te lo digo. Con el tiempo que cuesta aprender a vivir en soledad, cuando ya empieza uno a recoger el fruto de su propio aguante, en ese momento es cuando se le ocurre reventar a mi madrastra para que, después de los años mil, tenga yo que cargar con la niñita desvalida.

TONI: Pero, mujer, pobrecilla. La carta que me leíste ayer, a ti misma te conmovía.

LAURA: ¡Claro que me conmovía! Y me conmueve. Ahí está lo malo.

TONI: Habiéndose muerto su madre, es natural que se venga contigo.

LAURA: No tanto, si vas a mirar. Allí tiene familia de su madre, y a mí hace mucho que no me ve.

TONI: ¿Cuántos años le llevas?

LAURA: Doce, quince, no sé...

TONI: Te recordará casi como a una madre.

LAURA: *(Duramente.)* ¡Pues no sirvo para madre de nadie! Ni quiero servir. Además me fui de casa porque, muerto papá, aquella mujer y yo no podíamos convivir. Y mi hermana lo entendió, aunque era pequeña. Si quería a esa madre, ¿cómo me puede buscar a mí ahora? ¿A qué

23

viene, después de haber vivido allí acogotada tanto tiempo por su gusto?

TONI: Nunca se sabe. A lo mejor no era por su gusto. Los padres atan, Laura.

LAURA: *(Pensativa.)* Eso sí. *(Coge unas grandes tijeras que habrá sobre algún sitio y se sienta a recortar papeles doblados que luego extenderá en filas de monigotes agarrados de las manos. Durante el resto de la escena con* TONI, *se aplicará a este trabajo atentamente, como si quisiera desviar y compensar la emoción que le produce hablar de su hermana.)* Ella lloraba cuando me vine. Ya hace mucho tiempo, pero lo recuerdo como si fuera ahora. Vino a mi cuarto, sin decir nada, y tenía unos ojos, Toni, que en mucho tiempo no pude olvidar. Por el ansia, ¿entiendes?, por la envidia que le adiviné en aquella lágrimas. Yo le dije: «Hasta pronto.» *(Pausa.)* Le hacía guiñol cuando era pequeña: le inventaba viajes. Siempre habíamos dicho que algún día nos escaparíamos juntas a una ciudad grande para ser actrices de teatro. *(Pausa.)* Cuando gané el primer dinero en la cafetería, le escribí, pidiéndole que se viniera conmigo. Entonces le escribía mucho.

TONI: ¿Qué te dijo?

LAURA: Que no podía. La seguí llamando durante casi tres años. Sólo trabajaba para podérmela traer. Por fin ya me dijo claramente que lo único que quería era que yo volviera a Huesca y me llevara bien con su madre. Le dejé de escribir poco a poco. Era pequeña, lo comprendo. *(Pausa. Alza los ojos.)* Perdona, Toni. Debe ser tarde para ti. Te he entretenido.

TONI: Sí. Es muy tarde. Me tengo que ir. Anda, hazte el té que aquello ya hierve hace rato. Deja de cortar muñequitos. *(Se levanta y recoge sus cosas.)*

LAURA: *(Sonriendo y extendiendo una tira que acaba de terminar.)* Si es que cada vez me salen mejor. Mira, éstos son japoneses. *(Deja las tijeras y se levanta; le mira.)* Que te vaya bien. A ver cuándo me traes a Isabel.

TONI: Pronto. Tenéis que ser amigas. Adiós, guapa. *(Sale.)*

ESCENA SEGUNDA. LAURA Y GONZALO

(LAURA, *al quedarse sola, coge del lavabo una taza y un bote y durante un poco manipula, en cuclillas, preparándose el té. Lo pone en la mesa y bebe el primer sorbo. Después se quita la bata, recoge la ropa que hay a los pies de la cama y empuja un poco el biombo. Se mete detrás a vestirse. Pequeña pausa. Tira las dos prendas del pijama por encima.*

Se oyen unos golpes en la puerta. Casi inmediatamente, entra GONZALO; *vehemente, muy bien vestido.)*

GONZALO: ¡Laura! *(Se queda parado en mitad del cuarto.)* ¡¡Laura!!

LAURA: *(Detrás del biombo.)* Hola, Gonzalo.

GONZALO: *(Con urgencia.)* ¡Laura!, ¿dónde estás?

LAURA: *(Asoma la cabeza por encima del biombo, sonriendo.)* Aquí, hombre. ¿Qué te pasa? Llamas como una madre que ha perdido a su niño.

GONZALO: A ti te pierdo. A ti. Siempre te estoy perdiendo. *(Se aproxima.)*

LAURA: *(Hace movimientos de terminar de vestirse.)* No seas tonto, por Dios. Sólo se pierde lo que es de alguien. Yo no me puedo perder.

GONZALO: ¡Tenía tantas ganas de verte! Te llamé anoche, cuando noté que habías desaparecido. Te he vuelto a llamar esta mañana. Y hace un rato dos veces. ¿Qué hacías?

LAURA: Dormir. Me levanto ahora. *(Sale abrochándose la blusa.)* Oye, ¿te das cuenta de lo bien que me viene tu biombo? Y es precioso además: fue un buen regalo.

GONZALO: Mi madre te echó de menos anoche. ¿Por qué te fuiste de repente?

LAURA: No fue de repente. Te había avisado que me estaba poniendo triste todo aquello. Además tu madre, ¡qué me iba a echar de menos! Te has empeñado en que seamos amigas a la fuerza.

GONZALO: Preguntó por ti; te lo aseguro.

LAURA: ¿Y cómo dijo? ¿«Tu amiga la actriz» o «esa tan original» o «esa que da tanta pena»?

GONZALO: Mi madre te quiere, Laura. Se te ha metido en la cabeza que no.

LAURA: No, hombre; si me da igual. *(Bebe té.* GONZALO *se sienta.)* ¿Quieres un poco de té?

GONZALO: No, gracias. No quiero. *(Pasa los ojos por el desorden del cuarto.)*

LAURA: ¿Y se puede saber por qué tenías tantas ganas de verme? *(Él no contesta.)* ¿Qué te ha pasado?

GONZALO: Nada. No me ha pasado nada. Sobre todo si me lo preguntas con esa voz.

LAURA: Pero ¿con qué voz, vamos a ver? Con la que hay que hablarte a ti; la única propia para espantar tragedias. Además, ¡uf!, qué más da una voz que otra. Di lo que te pasa, por qué querías verme, y ya está. *(Coge una manzana y se pone a comérsela. Durante esta escena se sentará y se levantará varias veces.)*

GONZALO: Laura, estás nerviosa. Esta vida que llevas te consume.

LAURA: No empieces a ponerte protector. ¿Me quejo yo de mi vida? ¿Hablo de ella siquiera? Además, bueno, ¿qué tiene de raro que la vida consuma? ¿Tú qué crees de toda esa gente que estaba anoche en la fiesta de tu madre, que no se consume?

GONZALO: A nadie se le nota tanto como a ti.

LAURA: Todos nos consumimos, hijo. Como las velas. Y es muy triste si, por lo menos, no se da algo de luz. *(Transición.)* Anda, no hables de mí, deja en paz mi vida, que va adelante como otra cualquiera, dando sus tumbos.

GONZALO: Pero, Laura, los tuyos son mayores. Anoche...

LAURA: *(Cortándole.)* Estoy un poco nerviosa. Sí. También anoche lo estaba. *(Coge la tira de muñecos que antes recortó y la va a pegar en la pared con unas chinchetas, en el lugar donde ya habrá otros muñecos pegados.)* Perdóname. Había bebido bastante. Espero que no te diría nada ofensivo. *(Le mira. Él niega con la cabeza.)* Ni a tu madre tampoco, ¿verdad?

GONZALO: No. Tampoco a mi madre.

LAURA: ¿Entonces qué te pasa? ¿Para qué querías verme?

GONZALO: No sé. En el momento de verte, nunca me acuerdo de por qué te buscaba; se me olvida el ahogo. Y luego me vuelve, en cuanto me pongo a hablar contigo.

LAURA: Pues no hables. Calladitos. *(Sigue comiendo.)*

GONZALO: ¡Laura! Lo estoy pasando muy mal.

LAURA: No, hombre, no digas bobadas. Tienes que inventarte algún sufrimiento para compensar el bienestar de tu vida; eso es todo. Pensar que se sufre, siempre justifica.

GONZALO: No puedo dormir pensando en las cosas

que me dices. No hay nadie tan cruel como tú; anoche lo pensaba.

LAURA: Yo no soy cruel, Gonzalo. Eso, los que engañan. ¿Te digo yo mentiras?

GONZALO: Dices siempre que todo es mentira.

LAURA: Es distinto decir que todo es mentira a decir mentiras. *(Otro tono. Con voz desenfadada.)* Además, tampoco sé si todo es mentira. Es más bien una mezcla de mentira y verdad, de serio y de broma. *(Se pone a prepararse un bocadillo.)* Chico, tengo un hambre...

GONZALO: ¿Pero todavía no has comido?

LAURA: No. Ya te he dicho que me acabo de levantar. *(Se cambia a la cama y se reclina.)* Todavía no he tomado tierra. *(Come.)* Y además no sé para qué aterrizo.

GONZALO: ¿A qué hora te acostaste anoche?

LAURA: Las cuatro o así, serían. Pero traje a Luci y estuvimos hablando hasta que se hizo de día. Da gusto ver amanecer. Son las mejores horas para dormirse.

GONZALO: ¿La fuiste a buscar al teatro?

LAURA: Sí. En tu casa me había desvelado. Y estuvimos en la taberna de Justo. Ella se emborrachó. Pobre Luci, tiene una de disgustos.

GONZALO: *(Irónico.)* ¿Sí? ¡Vaya por Dios! *(Airado.)* Perdona, Laura, eres una masoquista; no comprendo que digas que te ponía triste el cóctel de casa, y que no te ponga triste hablar con Luci. Y borracha, para más inri.

LAURA: No es muy alegre, desde luego. Pero es hablar.

GONZALO: ¿Y con mi madre no pudiste hablar?

LAURA: Bueno, más bien supongo que no pudo ella hablar conmigo, llevarme por donde quería. No logró catalogarme como a un insecto para su colección. Y eso le molestó, me parece.

GONZALO: (Desorientado y como perdiendo pie.) Pero ¿por qué tienes tantos prejuicios contra ella? Todos mis amigos la adoran...

LAURA: Pues, chico, cuánto me alegro.

GONZALO: ...Le cuentan siempre sus penas, tiene fama de comprensiva...

LAURA: Ya entiendo. Y ella cultiva esa fama, no le interesa perderla. Por eso acapara a la gente y sonríe a todos, aunque los desprecie desde su Olimpo.

GONZALO: ¡Ya está bien! ¡No puedo aguantar que la insultes!

LAURA: ¿Y quién te obliga a aguantarlo? La puerta está ahí. Y tu mamá te estará esperando, para consolarte.

GONZALO: ¡Qué mala leche tienes, Laura! (Se queda como indeciso. LAURA sigue sin hacerle mucho caso, atenta a pequeños quehaceres de orde-

31

nación del cuarto. Pausa.) Sabes que no me puedo ir, sabes que...

LAURA: ¿Qué?

GONZALO: Que me haces polvo...

LAURA: Entonces, ¿quién es el masoquista aquí? Dime, cielo.

GONZALO: Es que me desesperas. ¿Cómo te pueden gustar esos amigos tan derrotistas y no gustarte mi madre?

LAURA: Me gusta la gente que se tiene en menos de lo que vale.

GONZALO: ¿Pero qué vale Luci?

LAURA: ¿Y a ti qué te importa? No seas pelma. Déjala en paz.

GONZALO: *(Pausa.)* No entiendo, de verdad, no entiendo cómo puedes ir con esa chica.

LAURA: Es lo mismo, Talo. Seguramente, en el fondo, no somos tan distintos unos de otros. Yo tampoco entiendo cómo puedes venir conmigo tú. *(Se ha tendido del todo en la cama.)*

GONZALO: *(Vehemente, acercándose.)* ¡Ni yo, te lo aseguro! ¡Ni yo tampoco lo entiendo! Lo mejor que tengo, lo que más quiero, lo destruyes y lo contradices, te gozas en estrellarlo contra el suelo. A veces me parece que te odio. ¡Te odio! En serio, ¡te odio!

LAURA: No hagas frases, Talo, por favor.

GONZALO: Te odio y es ese mismo odio el que me hace imposible alejarme de ti.

LAURA: Es bonito lo que dices si no te lo creyeras, pero me temo que te lo estés creyendo.

GONZALO: *(Desconcertado.)* Claro, yo siempre me creo lo que digo... Yo...

LAURA: Mal asunto. Para hacer teatro bien hecho hay que acordarse de que se lleva careta puesta. *(Ríe, al ver su rostro enfadado.)* Nada, que nunca serás un actor decente.

GONZALO: Ni quiero. No empecemos con el teatro; ¡qué tiene que ver el teatro ahora!

LAURA: Claro que tiene. Vivir es representar, hombre. ¿Crees que no estamos haciendo teatro ahora mismo?

GONZALO: ¡Tú lo estarás haciendo!

LAURA: Y tú. Tú lo haces peor, porque no te convences de que todo eso de los sentimientos entra en la farsa que va inventando uno. Pero si te convencieras, te saldría bien, como a mí. Y podrías hacer frases y oírlas sin sufrir ningún daño.

GONZALO: Para eso hay que ser de cartón.

LAURA: No. Basta con saber que son de cartón las flechas de Cupido y demás personajes engañosos. ¿Qué daño van a hacer unas flechas de cartón por muy pintadas que estén de purpurina?

GONZALO: Bonito. ¿Quién te lo ha enseñado?

LAURA: También un personaje. Un tal Lorenzo.

GONZALO: ¿Lorenzo? Nunca me has hablado de él. ¿Quién es? Dilo *(De pronto se echa a reír LAURA.)* ¿O no es nadie?

LAURA: No es nadie. *(Pausa.)* Nadie...

GONZALO: Me habías hecho tener celos *(Sonríe.)* ¿Ves cómo eres? Nunca se sabe si hablas en broma o en serio.

LAURA: Hablo en «brerio», mitad broma mitad serio. *(Él ríe.)* ¡Vaya, te ríes! Menos mal. Salió el sol.

GONZALO: *(Le coge las manos.)* Así eres tú. De pronto lo pones a uno de buen humor.

LAURA: ¿Ves? Tan trágico como estabas, con lo difícil que parecía meter la risa en el argumento. *(Le mira.)* Me gusta que te rías.

GONZALO: Laura, te quiero.

LAURA: ¡Bravo! Vamos a aprovechar antes de que me odies. ¿Te parece que hagamos un alto en los discursos y nos fumemos un pitillo en paz?

GONZALO: Sí, me parece lo que tú quieras. *(Se arrodilla junto a la cama y sus cabezas quedan muy juntas. Saca dos pitillos y los enciende en su boca con la misma cerilla. Le pasa uno a Laura. Fuman en silencio. Ella le despeina con la mano.)*

LAURA: Te has lavado el pelo. Te brilla.

GONZALO: *(Alzando los ojos.)* Laura, ¿es posible que...?

LAURA: *(Le tapa la boca con la mano.)* ¡Ssss! Todo es posible. Íbamos a dejar los discursos, ¿no?

GONZALO: Sí, pero dime algo. ¿Qué piensas?

LAURA: Nada. Y estoy así a gusto, sin pensar nada, mirándote.

GONZALO: Pues si tú no te negaras a ser feliz..., si quisieras estar siempre así...

LAURA: ¡Por Dios, siempre sería terrible! Digo que en este momento me gusta tenerte cerca; que me relaja los nervios. Si a ti te pasa lo mismo, descansa y no pienses, como hago yo.

GONZALO: *(Acariciándola.)* ¿En serio estás a gusto?

LAURA: En «brerio». *(Ríen bajo.)*

GONZALO: No sé qué tienes. No sé qué has hecho de mí...

ESCENA TERCERA. DICHOS E INÉS

(No advierten que la puerta se entreabre y entra despacio INÉS, *con una maleta en la mano y que se detiene unos instantes a observarlos. Tiene veintidós años y un aspecto ingenuo y apocado. Viste de luto, con cierta cursilería. Trae guantes y bolsos. Contempla la escena y, al notar que no la ven, retrocede, procurando no hacer ruido; pero, aunque va de puntillas, tropieza con un mueble y casi se cae.* LAURA *y* GONZALO *se incorporan del susto.)*

INÉS: ¡Ay, madre mía!

GONZALO: ¿Eh?

LAURA: ¿Quién es?

INÉS: No, nadie... Ustedes perdonen. Es que creí que esta habitación era la segunda puerta. Pero a lo mejor he contado mal, o se habrá equivocado la criada. Ella me ha dicho que entrara y que esperase, que no había nadie..., y yo...

LAURA: *(Se ha levantado. Avanza hacia ella y quedan las dos frente a frente.)* Hola, Inés, bienvenida. *(*INÉS *la mira, perpleja.)* Eres Inés, ¿verdad?

INÉS: Sí. Pero usted..., tú... ¿eres Laura? *(Los mira alternativamente, vacilando; luego a ella sola.)* ¡Sí! ¡Claro que eres tú! ¿No has recibido una carta mía? *(*LAURA *asiente.* INÉS *se arroja a sus brazos y solloza.)* ¡Eres Laura, por fin... Laura..., mi hermana!

LAURA: Vamos, mujer...

INÉS: Ya he venido, Laura. Me parece imposible haber llegado... Ya estoy aquí... Me parecía... *(los hipos le cortan el habla)* que nunca..., que no iba a llegar nunca. Venía diciendo en el tren: «Si no llego, como pase algo»... *(Solloza.)* Ha sido tan largo..., tan largo todo.

LAURA: Anda, vamos, aparta que te vea. *(La aparta suavemente.)* Y cálmate. *(Pequeña pausa.)* No te esperaba tan pronto.

INÉS: Es que he cogido el tren correo, uno anterior al que te dije. Salí ayer noche. No quería despedirme de nadie, ¿sabes? Me andaban convenciendo las tías para que lo pensara, decían que era una locura. Casi me he escapado. ¡Como hiciste tú! *(La mira con repentino orgullo.)* ¿Qué te parece?

LAURA: Escapar está bien. Pero con eso no lo has hecho todo, hija, ni mucho menos. Anda, deja ya de llorar. ¿Crees que es fácil vivir aquí?

INÉS: No sé qué decirte. No sé nada. Traigo algo de dinero de momento, y más adelante venderé el piso de Huesca. Además quiero trabajar. Te lo decía en la carta.

LAURA: Ya. ¿Y qué quieres hacer? Mejor dicho, ¿qué sabes hacer? Porque eso es lo primero.

INÉS: No sé todavía, Laura. Tengo tanta confusión. No será tan difícil encontrar una colocación, supongo.

LAURA: No será tan difícil. Es lo que se dice siempre.

INÉS: ¿Es muy difícil? ¿A ti te costó trabajo?

LAURA: Mira, mejor no acordarse.

INÉS: No sabía. Nunca me dijiste eso. Yo creí...

LAURA: ¿Qué creíste?

INÉS: *(Tímida.)* No..., nada.

LAURA: Dilo. Di lo que creíste.

INÉS: Lo primero que creí, Laura, es que te ibas a alegrar más de verme. *(Se echa a llorar con desconsuelo.)* Eso es.

LAURA: ¡Bueno! ¡Llantos! ¡Más llantos! Lo que me temía. *(Enérgica.)* ¡Pues eso sí que no! No quiero gente de merengue. Llorar es demasiado fácil, Inés. Por ahí no llegarás a ninguna parte. *(Pausa.* LAURA *pasea delante de ella y el llanto de* INÉS *va cesando.* GONZALO *ha contemplado la escena perplejo, sin intervenir, y de vez en cuando* INÉS *le ha mirado de reojo.)*

GONZALO: *(Tímidamente.)* Laura..., ¿es hermana tuya esta chica?

LAURA: Sí, mi hermana; ¿no lo has oído? ¿Por qué?

GONZALO: No sabía que tuvieras hermanos.

LAURA: No tengo más que ésta, y ya también a mí se me había olvidado.

GONZALO: Pero, por Dios, no le hables con tanta dureza. Está muy angustiada *(se miran* INÉS *y* GONZALO*)*; y cansada del viaje. *(A* INÉS, *con dulzura.)* ¿Ha sido un viaje largo?

INÉS: *(Con ojos agradecidos.)* Sí. Desde Huesca, con transbordo.

GONZALO: Conozco bien Huesca. Mi padre tuvo fincas cerca de allí. *(Tendiéndole la mano.)* Me llamo Gonzalo Castro.

INÉS: *(Estrechándosela.)* Mucho gusto.

GONZALO: ¡Vaya, mujer! Conque vives en Huesca. ¿Y vienes a quedarte aquí una temporada?

LAURA: ¡Una temporada, dice! ¡A vivir, hijo! A vivir de un trabajo que le caiga del cielo, mientras está llorando. Y si no, ya lo arreglará Laura.

GONZALO: Mujer, la ayudaremos.

LAURA: ¿La ayudaremos? ¿Y tú qué tienes que ver?

39

INÉS: Tengo también las señas de los primos de papá, que en paz descanse.

LAURA: ¿Los primos? ¡A ésos ni verlos, ¿entiendes?, ni irlos a ver siquiera! Para lo que a mí me valieron...

INÉS: *(Sordamente.)* Y, en último caso, me puedo volver a marchar. Si tanto te molesta que haya venido...

LAURA: ¡Pero cállate ya! ¿Quién ha dicho que te vayas? Sólo te digo y te repito que no esperes caminos de rosas, porque no los hay; y que tendrás que aprender a racionar las lágrimas. Eso es todo lo que te he dicho. ¿Y qué preferirías? ¿Que empezara contándote desde el primer día mentiras y maravillas? Ésa es la escuela para criar débiles, Inés. Para plagar el mundo de gente débil. A mí no me pidas que te diga desde el principio «¡qué estupendo!» y «¡qué ilusión!» sólo para que te consueles.

GONZALO: A buena parte ha venido, como pretenda eso.

LAURA: Claro, Talo; porque cuento con la realidad. Si le digo que tardará en encontrar trabajo, es porque no quiero que se conforme con un trabajo cualquiera. *(Impaciente.)* Y luego, porque sé como la han educado, y porque no trae ni idea de lo que está dispuesta a hacer. Basta con mirarla.

INÉS: *(Con inquietud.)* ¿Con mirarme? *(Se pasa la*

40

mano por el pelo, por las ropas.) Pues ¿qué tengo? No sé qué tengo yo. Dime qué tengo.

GONZALO: Pero déjala, Laura; la vas a acomplejar. *(A ella.)* ¿Qué va a tener? Nada. Bien guapa que eres.

LAURA: ¡Y qué tendrá que ver que sea guapa o fea! Yo hablo del aire que trae, de ese gesto de dolorosa. Que eso es un lujo, te lo digo yo. Que para trabajar no vale.

INÉS: *(De nuevo abatida.)* Es que, Laura, compréndelo. Han sido unos días tremendos los que he pasado. Acuérdate tú de cuando se murió papá, y eso que entonces estábamos las dos juntas. Ten en cuenta lo que es traer reciente una cosa así.

LAURA: Lo tengo en cuenta, sí. Supongo que lo habrás pasado muy mal, pero no te puedo compadecer ya ahora. Tu madre, chica, liberaría a cualquiera, muriéndose. *(INÉS, que está todavía de pie, se tapa la cara y se apoya en un mueble.)* Perdona, te digo lo que pienso. Dios le dé un buen descanso.

GONZALO: Basta ya, Laura. No sé bien lo que os pasa, pero tu hermana está cansada y triste. Eso salta a la vista. Que se siente, por favor, que tome alguna cosa. Tiempo tendréis de hablar de lo que sea cuando te tranquilices también tú. *(Va hacia INÉS y la coge de un codo.*

Ella le mira.) Anda, ven a sentarte, mujer. ¿No te quieres quitar el abrigo?

INÉS: *(Sin dejar de mirarle.)* No, gracias. Tengo frío. Debo estar destemplada. *(Se sienta en una postura rígida.)*

GONZALO: *(Cogiendo una botella, a* LAURA, *que se ha acercado al balcón y tamborilea en los cristales.)* Oye, Laura, ¿esto es jerez?

LAURA: *(Volviéndose.)* No. Es vino blanco corriente. *(Él va a coger otra botella.)* No busques, no. No hay otra cosa. Ésas están vacías.

GONZALO: *(A* INÉS.*)* ¿Te gusta el vino blanco? ¿O te hago un poco de café?

INÉS: No, deje; vino mismo. *(*GONZALO *escancia.)* Ya, ya, no me eche tanto.

LAURA: *(Se ha separado del balcón y los mira. Sonríe.)* Pero no le llames de usted, calamidad. Es un amigo. *(Coge otros dos vasos y se acerca. Se le ha dulcificado la voz.)* Bueno, beberemos los tres. Toma tú también, Talo. *(Llena los vasos y levanta el suyo.)* Por ti, Inés.

GONZALO: Inés, por ti.

*(*INÉS *no bebe ni los mira.)*

LAURA: *(Después de vaciar su vaso de un trago.)* Anda, bebe, Inés. *(*INÉS *lo hace. Pausa.)* Hemos brindado por ti. Tendrías que decir algo.

INÉS: *(Áspera.)* No tengo ganas de celebrar nada. Sólo bebo por ver si entro en calor. *(Bebe.)*

LAURA: ¿Pero tanto frío tienes? No te encojas así, mujer. Vaya veintidós años;... Son veintidós ¿no? *(INÉS asiente.)* No sé qué haces para estar tan pálida. ¿Es que no te da el aire?

INÉS: Muy poco. Llevo tres semanas sin salir más que a misa.

LAURA: Pues, hija, vaya un plan. *(Se sirve más vino.)* Éste tiene un coche precioso. A ver si te desapolillas aquí. ¿Verdad, Talo, que la llevarás un poco de paseo?

INÉS: *(Vivamente.)* ¡No quiero que se moleste! ¡No quiero que os molestéis ninguno! Sólo quiero un rincón para dormir y alguna indicación para ponerme a buscar trabajo. Al fin y al cabo, Laura, tampoco lo que te pido es una cosa del otro mundo. *(Se va exaltando.)* Tú llevas mucho tiempo viviendo aquí; conoces a gente y sabrás distinguir unas calles de otras, unos peligros de otros. Eso se hace por un desconocido.

LAURA: Eso ¿qué?

INÉS: *(Muy excitada.)* ¡Eso, jolines!, orientar un poco al que llega nuevo y no sabe nada, perder con él una punta de tiempo. No es más que al principio, no te preocupes. Después te dejaré completamente en paz. Viviré en otro barrio, en el que esté más lejos, y tendré mis amigos, si los encuentro. *(Habla con rabia, con los ojos inclinados hacia el vaso de vino.)*

LAURA: *(Sonriendo y tratando de levantarle la cara.)*
¿A ver? ¿A ver qué cara?

INÉS: ¡Déjame en paz!

LAURA: *(Lentamente.)* Vamos, ¡por fin te conozco!
¡Ésa es tu cara de genio! *(INÉS la mira con desconcierto.)* La misma, sí. Menos mal, hija, que se te ha movido el genio. Tenía miedo de que te hubieran ahogado entre todos, pero algo queda todavía. ¡Está vivo el bicho! *(Se levanta, le pone una mano sobre la cabeza y se la sacude amistosamente. Pausa.)* Voy un momento a ver si te han preparado la habitación. ¿Te esperas, Gonzalo?

GONZALO: Sí, me espero.

ESCENA CUARTA. DICHOS MENOS LAURA

(Sale LAURA. INÉS y GONZALO se quedan un rato mirando la puerta que ha quedado abierta. Pausa. GONZALO se levanta a cerrarla. Mira a INÉS y le sonríe.)

GONZALO: Entraba frío. (Se queda de pie, apoyado cerca de ella. Pausa.) ¿Todavía tienes frío? (INÉS se encoge de hombros.) Allí hay un brasero encendido. Verás, te lo voy a acercar. (Lo hace, tirando del hilo, hasta ponerlo a los pies de INÉS.)

INÉS: Gracias; ya parece que lo noto menos.

GONZALO: Será el vino también. ¿Por qué no te quitas el abrigo? Anda, que así parece que estás de visita. (La ayuda a quitárselo.) Si te piensas quedar aquí, es bueno que te vayas acostumbrando.

INÉS: *(Sacándose también los guantes, con simpatía.)* ¿Al frío?

GONZALO: Al frío y a todo. *(INÉS bebe. Pone los pies en el aire, encima del infiernillo, y busca un apoyo cómodo, sin encontrarlo.* GONZALO *coge un almohadón.)* Espera. Verás. *(Se arrodilla y coloca el almohadón contra el brasero. Sin levantarse.)* Apoya aquí los pies. ¿Bien? Mejor quítate los zapatos, espera. *(Se los quita él.)* Estarás más cómoda y te calentarás antes. ¡Pero si tienes los pies mojados! *(Se los acaricia.)*

INÉS: Es que llovía mucho. *(Azarada.)* Pero siéntate tú; no te molestes más, anda. Que estoy muy bien.

GONZALO: *(Se sienta. Pausa.)* Laura... ¿es tu única hermana?

INÉS: Sí. Hermana de padre. ¿Nunca te había hablado de mí?

GONZALO: Nunca. No habla nunca de sí misma. Creí que no tenía familia. *(Pausa.)* ¿Hace mucho que no os veíais?

INÉS: Mucho. Desde que se murió papá. Ella se vino entonces a Madrid porque con mi madre no se entendía. Yo era muy pequeña.

GONZALO: Ya. *(Pausa.)* Yo creo que Madrid te gustará. ¿O ya lo conocías?

INÉS: Sólo vine una vez, siendo muy chica. Pero no me acuerdo.

GONZALO: Verás como te gusta.

INÉS: Ya me gusta. Al salir de la estación tardé en encontrar taxi. Casi me ha gustado que Laura no estuviera; ha sido más emocionante. Cuando el taxi se paraba, me parecía imposible no conocer a nadie de toda esa gente que pasaba. ¡Cuánta, ¿verdad?! Y eso que llovía. Salen de cualquier manera, sin paraguas ni nada, tan tranquilos. Claro, nadie los critica... Pero ¿de qué te ríes?

GONZALO: No me río. Es que me encanta oírte hablar.

INÉS: ¿A mí?

GONZALO: Sí, mujer. Pero por nada malo. *(INÉS baja los ojos.)* Mírame. ¡Qué desconfiada eres! Me daría mucha pena que desconfiaras también de mí.

INÉS: ¿Por qué dices «también»?

GONZALO: Porque Laura es demasiado brusca y te ha asustado. ¿A que sí? *(INÉS asiente en silencio.)* Yo no te quisiera asustar. Si lo hago, es sin querer. Dime, ¿te asusto?, dime la verdad.

INÉS: *(Con voz firme.)* No. Tú no.

GONZALO: Gracias, guapa. Anda, sigue contando cosas. ¿Cómo has tardado tanto en venir a ver a Laura y a que yo te conozca?

INÉS: ¡Uy, mi madre no me dejaba! Buena era. Toda su antipatía contra Laura la extendió a la ciudad que ella había escogido para vivir. No se podía ni soñar con venir. Era pecado.

GONZALO: Pero tú querías venir, ¿no?

INÉS: *(Vivamente.)* Yo sí, ¿cómo lo sabes?

GONZALO: Me lo figuro.

INÉS: ¡Claro que quería! Soñaba con venir. Desde que Laura nos dejó, estaba triste y me aburría, no podía soportar la ciudad sin ella. Pero tenía que disimularlo para que mi madre no se enfadara.

GONZALO: ¿Qué vida hacías allí?

INÉS: Terminé el bachillerato. Luego, nada. Alguna vez iba a Zaragoza con mis tíos. Mi madre me decía: «No querrás hacer carrera ni nada, ¿verdad?», y me miraba con miedo de que le dijera que sí.

GONZALO: ¿Le dijiste que sí?

INÉS: Le dije que no porque me daba igual, te lo aseguro; me daba todo igual. Además, se hubiera venido conmigo a vivir a Zaragoza. Era lo que me proponía. Veía peligros en todo, la pobre. *(Pausa.)* Luego... se puso enferma. Han sido dos años terribles.

GONZALO: ¿Dos años?

INÉS: Sí. Cáncer. Se volvió muy egoísta. Sólo quería verme allí con ella. Dice el médico que a lo último se había desquiciado; era injusta con todos. *(Pausa.)* Pero yo, hasta que murió...

(*Exaltada.*) ¡Yo la he cuidado bien, Dios mío, como una buena hija; no sé por qué tengo que tener este remordimiento! La he velado las noches de más gravedad, le he puesto las inyecciones, y me daba mucha pena ver cómo sufría. No tenía el menor rencor contra ella, ¡no lo tenía! Aquello del último día es que no lo pude remediar...

GONZALO: ¿Aquello? ¿Qué fue? (*INÉS se echa a llorar.*) Pero cálmate. No, no lo cuentes si no quieres. (*Pausa. INÉS levanta la cara y se seca los ojos; se queda mirando a lo lejos.*)

INÉS: Los últimos días, cuando el médico había dicho que se iba a morir, yo estaba allí sentada, mirándola, pero no la veía a ella. Veía a Laura, porque ya había decidido en secreto venirme aquí en cuanto ella se muriera. Y aquella casa llena de visitas hablando en voz baja no la veía tampoco, veía esta habitación. (*La recorre lentamente con la mirada.*) Bueno, ésta no; de otra manera, como me la figuraba. Con el techo un poco inclinado (*sonríe*), no sé por qué me la figuraba así, y tiestos en una ventana. Más alargada. Un poco más bonita. Así que cada vez que mi madre abría los ojos para pedirme agua, o sólo para mirarme, me sobresaltaba porque me parecía que me iba a notar lo que estaba pensando. Hasta que una vez pasó lo que me estaba temiendo: me miró tanto que yo creo que me lo notó; y entonces fue horrible..., me llamó a su lado con una cara de mucha angustia, desencajada, y me pidió que le prometiese que con Laura no, que no la buscaría, que no vendría a Madrid. Me miraba de un modo terrible, agarrándome las muñecas. Dijo: «Me estoy muriendo, tú lo ves, es lo último que te pido»..., y ya casi no podía hablar; se ahogaba.

GONZALO: ¿Y tú?

INÉS: Yo me solté de ella y me escapé del cuarto, llorando, sin querérselo prometer. Y estuve mucho rato escondida detrás de una cortina, en un rincón donde me escondía de pequeña, y no salí de allí aunque oí que mi tía me buscaba. Me daba un miedo enorme salir, temblaba de miedo. *(Pausa.)* Cuando volví a la alcoba de mi madre era ya casi de noche. Oí que lloraban. Se había muerto. *(Llora.)*

GONZALO: *(Le coge las manos y trata de separárselas del rostro. Le acaricia la cabeza.)* Inés, por favor, no llores. No llores, Inés... *(Se arrodilla junto a ella. Pausa.)*

ESCENA QUINTA. GONZALO, INÉS Y LAURA

(LAURA entra y los sorprende en esta postura mirándose. Al principio no la oyen. Se para en la puerta y los mira con cierta sorpresa. Luego reacciona y avanza con naturalidad.)

LAURA: Bueno, ya está bien. Te están terminando de preparar el cuarto. Creo que te gustará. Da a la otra calle. ¿Quieres venirlo a ver?
  (GONZALO se levanta y se sirve más vino. INÉS se limpia los ojos a toda prisa.)
INÉS: Luego...
LAURA: *(Los mira alternativamente.)* ¿Qué tal lleváis el vino? Podemos bajar a buscar más.
GONZALO: *(Con cierto azoramiento.)* No, por mí no. Yo, Laura, ya os dejo. *(Termina el vaso.)* Éste era el de la despedida.

INÉS: *(Sin poder reprimirse.)* ¿Te vas?

GONZALO: Sí. Tengo que irme. Pero volveré mañana.

LAURA: Sí, vuelve, oye. A ver si mañana tienes buena mano para animar a ésta y sacarla un poco de su marasmo. Ah, y trae el coche, no se te olvide.

GONZALO: De acuerdo. ¿Por la tarde?

LAURA: Sí. A eso de las seis.

INÉS: *(Con acento de rabieta.)* ¡No tienes que pedirle que venga a sacarme de paseo como si yo fuera un juguete! Tendrá que hacer. ¿Por qué va a tener que venir a sacarme a mí de paseo?

LAURA: *(Se echa a reír.)* ¿Éste? ¿Tener que hacer éste? Pero, por Dios, si no ha dado golpe en su vida.

GONZALO: No hagas caso a Laura. Yo tampoco se lo hago. Mañana vendré a buscarte. *(La mira serio,* INÉS *baja los ojos.* GONZALO *le levanta la cara por la barbilla y le obliga dulcemente a mirarle.)* Pero no como a un juguete, sino como a una chica encantadora a la que tengo ganas de conocer mejor, ¿entendido? *(Transición.)* Hasta mañana, Laura, llamaré antes de venir. Adiós, Inés, bienvenida y que descanses. *(La besa en la mejilla. Sale.)*

ESCENA SEXTA. INÉS Y LAURA

LAURA: *(En la puerta, con ironía.)* ¡Adiós! ¡Qué poético está el tiempo! *(Pausa. Vuelve al centro.* INÉS *se ha quedado inmóvil y no dice una palabra. Tiene la mano puesta en la mejilla y unos ojos absortos.* LAURA *se planta delante de ella.)* ¿Qué te pasa ahora, vamos a ver? Estás como alelada; ¿te emociona que te haya besado ése? (INÉS *desvía la vista.)* ¡No me irás a decir que te emociona!

INÉS: ¡Déjame en paz!

LAURA: ¡Válgame san Roque! Pero, hija de mi alma, si en el mundo de los esnobs esos besos en la mejilla son de buen tono: una cosa de todos los días.

INÉS: *(Mirándola de frente.)* A ti... ¿también te besa?

LAURA: ¿A mí? ¡Claro! A mí me da besos de los otros.

INÉS: ¿De los otros?

LAURA: Sí, eso, de los de... *(Hace gesto de besar otra boca en el aire.)* Como en el cine. Al cine sí habrás ido. ¿O tampoco te dejaba tu madre ir al cine?

INÉS: *(Con voz opaca.)* Perdona. No sabía que fuera tu novio. Como ni siquiera me lo has presentado...

LAURA: ¿Mi novio? *(Ríe.)* No es mi novio, mujer. Dios me libre de novios y pejigueras por el estilo. ¿Por qué me miras con esa cara?

INÉS: Por nada. Entonces..., ¿no es tu novio?

LAURA: No, hija. No es nada mío. Ni mi novio, porque yo no quiero, ni es mi amante, porque no quiere él. Tiene mucho éxito con las chicas, pero en el fondo es un romántico, ¿sabes? Qué le vamos a hacer.

INÉS: ¿Un romántico?

LAURA: Sí. Cree en el amor. El amor con letras mayúsculas; el que dura para toda la vida. *(Sonríe.)* Como tú, me figuro. *(Con cierta ternura.)* Tú también... ¿a que sí?

INÉS: Bueno, no sé, a lo mejor no se encuentra nunca; pero lo tendrá que haber. Con esa esperanza vivimos, ¿no? Tú también lo creías.

LAURA: Ah, bueno, lo creía.

54

INÉS: ¿Y ahora por qué has mudado de opinión?

LAURA: ¡Pues por que hay que mudar, hija del alma! De opinión y de todo.

INÉS: No sé por qué. Hay mucha gente que no cambia nunca.

LAURA: Hay mucha que se empeña en eso, sí. ¡Siempre en el mismo sitio! Y lo consiguen. Pero ésos han perdido el tren: la vida se les va sin llevarlos a ellos, igual que un tren vacío. *(Larga pausa.)*

INÉS: *(Tímidamente.)* Laura, es horrible. No haces más que hablarme, pero parece como si no te conociera. Te veo más lejos que cuando estaba en Huesca y me acordaba de ti.

LAURA: Es natural, Inés; me idealizabas. Ha pasado demasiado tiempo. *(Pausa. Afectuosamente.)* Anda, vamos a ver tu cuarto, ¿quieres?

INÉS: No. Espera. Siéntate. Tengo ganas de hablar contigo. *(LAURA se sienta.)* Te noto tan rara, como enfadada...

LAURA: Que no, mujer...

INÉS: Hace unos años, cuando me llamabas en las cartas...

LAURA: ¡Deja eso ahora!

INÉS: ¡No quiero!... A lo mejor has creído que no vine porque no quise. Cuando te escribía no te lo sabía explicar, entiéndelo: estaba entre dos fuegos. Pero la cosa que más deseaba era ve-

55

nir. *(LAURA calla.)* Ahora comprendo que debe haber sido muy duro para ti luchar sola tanto tiempo. Yo también me he encontrado muy sola, mucho. No sabes cuánto me he acordado de ti.

(Pausa. LAURA tiene la cabeza baja e INÉS la mira esperando sus palabras.)

LAURA: Todo el mundo está solo, Inés. No somos una excepción tú y yo.

INÉS: *(Angustiada.)* Pero no lo digas así. Hablas como si no tuviera remedio.

LAURA: *(Con voz más dulce. Como ensimismada.)* El único remedio de la soledad es aceptarla, bonita. *(Pausa. INÉS esconde la cara en los brazos.)* Vamos, ¿qué te pasa? ¿Ya estás llorando otra vez? *(Va a su lado y le acaricia la cabeza.)* Anda, no llores...

INÉS: Estoy muy triste. *(Levanta la cara llena de lágrimas para mirar a su hermana.)* ¿Es que tú nunca estás triste?

LAURA: Chica, sí; pero ¡qué más da! Me voy a la calle y me monto en un tranvía y me pongo a pensar que toda la gente que se roza conmigo tendrá problemas igual que yo, y me doy cuenta de que ninguno va llorando. Fíjate si toda la gente fuera llorando por la calle, qué clamor de locos. ¿No? *(Le habla dulce y persuasivamente.)* Pues cuando uno está solo en casa, Inés, lo mismo. Igual que en la calle hay que hacer: el mismo ejercicio de aguantar sin echar los pies por alto, de mantener el equilibrio. ¿Entiendes?

INÉS: Sí. Pero ¡qué difícil!

LAURA: Mucho. Es un equilibrio inestable el de vivir. Como ir por una cuerda floja. No vale ni caerse ni agarrarse. Y a veces da vértigo. *(Se ha quedado mirando el vacío. Sonríe.)* De esto del equilibrio inestable el que sabía mucho era Lorenzo Aldana. ¡Qué personaje tan especial! *(Suspira.)*

INÉS: ¿Lorenzo? ¿Aquel de que me hablabas en tus últimas cartas?

LAURA: El mismo.

INÉS: ¿Y por qué lo llamas personaje?

LAURA: No sé. Ahora ya las cosas que decía me parece que las he oído en una función de teatro. Claro que así es como me he enterado de lo que decía. Cuando estaba con él, no entendía nada. Sólo me gustaba mirar sus ojos, que siempre se estaban riendo.

INÉS: Estabas enamorada de él, ¿verdad?

LAURA: Creo que sí. Un día le dije «te quiero, te quiero, te quiero», así seguido..., muchas veces, y se puso muy serio, ni siquiera los ojos se le reían. Me tapó la boca; decía que no me echara una piedra al cuello con aquellas palabras, que me iban a esclavizar. *(Pensativa.)* ¡Y qué razón tenía!

INÉS: Pero cuéntamelo mejor. Desde el principio. Lo del teatro, ¿por qué lo has dicho? ¿Trabajaba en el teatro?

LAURA: *(Se encoge de hombros.)* Nunca supe bien lo que hacía. Le preguntaba que si no le preocupaba el porvenir, y decía que no. Que no hay que mirar adelante, sino estar atentos a dar bien cada paso. Tenía una voz preciosa. *(Pausa.)* Cuando se fue, me dijo...

INÉS: *(Interrumpiendo vivamente.)* Pero ¿por qué se fue? Creí que te quería. ¿No te quería?

LAURA: No estaba claro. Cuando se fue me dijo: «Niña...», me llamaba siempre niña, ¿sabes?, porque era algo mayor.

INÉS: ¿Cómo de mayor? Lo cuentas como un cuento.

LAURA: Claro: ya es un cuento.

INÉS: *(Puede haber subido los pies al asiento. Sigue la narración de* LAURA *con vivo interés.)* Bueno, sigue..., te dijo «niña», ¿y qué?

LAURA: Yo lloraba, ¡uf, no sabes cómo lloraba!, y me dijo: «Niña, solamente lloras porque estoy yo aquí mirándote y te sirvo de espejo. Nunca se llora sin espejo. Cuando me vaya, llorarás menos, pero entonces aprenderás a estar sola, que es como hay que estar.» Y me dijo que

58

fuera valiente, y bueno... más cosas; luego me dio este anillo *(Enseña a* INÉS *uno de sus dedos.)*... y se marchó. Eso fue todo.

INÉS: ¿A ver? ¿Este anillo te dio? ¡Qué bonito!

LAURA: Era de su madre. La única cosa de valor que tenía.

INÉS: *(Tras una pausa.)* Pero ¿ves, Laura? ¿Cómo dices que el amor no existe? Tú a él le querías. *(*LAURA *no dice nada. Coge las tijeras y se pone a recortar monigotes.)* Y si le querías, volverá. ¿Cuánto hace que se fue?

LAURA: Mucho. Ya ni me acuerdo.

INÉS: ¿Y no te ha escrito? *(*LAURA *niega con la cabeza sin dejar su trabajo.)* No importa; ya verás como vuelve. *(Con ahínco.)* ¡Tiene que volver! No se habrá ido a América.

LAURA: Pues sí. Precisamente se fue a América.

INÉS: *(Desconcertada.)* ¿De verdad?

LAURA: No sé si de verdad o de mentira. A mí América me parece un país de mentira. Pero, chica, eso dijo...

INÉS: Pues aunque se haya ido tan lejos, volverá, estoy segura.

LAURA: *(Con voz normal.)* Eres como el público malo, que no se entera de nada por esperar a ver en qué termina la obra. Las historias no tienen final. Se les pone uno forzado, pero se estropean, es mejor dejarlas sin final. *(Transi-*

ción.) Bueno, vamos a dejar a Lorenzo para otro día, ¿te parece?

INÉS: Como tú quieras.

LAURA: Otro día te contaré más cosas. *(Despliega con cuidado la tira de muñequitos y se la enseña.)* Mira, esto te gustará.

INÉS: *(Rompe a reír.)* Ay, sí, qué bonito. ¿Es lo que hacías ahora? Regálamelo.

LAURA: ¡Vaya un regalo! Mira todas las tiras que hay allí en la pared. Escoge, por lo menos, otra mejor hecha. Algunas las coloreo luego con acuarela.

INÉS: *(Se levanta a mirar los monigotes pegados en la pared. Deben verse hace rato luces en la calle que entran por el balcón a la habitación oscurecida.)* Es verdad, aquí las hay preciosas. Me gusta mucho esta de tiovivos.

LAURA: Pues quédate con ella.

INÉS: *(Mientras la despega.)* ¿Son tiovivos? Casi no los veo.

LAURA: *(Se levanta y da la luz.)* No sé si son tiovivos. Lo que sale. *(Se acerca al espejo y se pone a peinarse.)* ¿No estás cansada?

INÉS: No. Se ha hecho de noche sin que me dé cuenta. Ya no me acuerdo del viaje, ni de Huesca, ni de nada. *(Va al balcón y mira la calle.)* Como si hubieran pasado años. *(Pausa.)*

LAURA: Bueno, guapa, yo tengo que salir. Ahora te

acompaño a tu cuarto, descansas y me esperas. O si prefieres quedarte aquí... O salir por
tu cuenta...

INÉS: Oye...

LAURA: ¿Qué?

INÉS: ¿Vendrá mañana tu amigo?

LAURA: ¿Gonzalo?

INÉS: Sí. También le llamabas de otra manera.

LAURA: Sí, Talo, como le llama su madre. *(Saca un
abrigo del armario, lo cepilla.)* Claro que vendrá, ¿no ves que le has gustado?

INÉS: ¡Qué tonterías dices!

LAURA: Ninguna tontería. Le has avivado su afán
de proteger.

INÉS: ¿De proteger a quién?

LAURA: A quien sea. Lo necesita. Protegiendo se
siente mejor, compensa su aburrimiento de
niño mimado.

INÉS: A mí no me ha parecido tan niño.

LAURA: Es una criatura. Ahora, por ejemplo, le estará hablando de ti a Berta.

INÉS: ¿Quién es Berta?

LAURA: Su dulce madre.

INÉS: ¿Conoces a su madre?

LAURA: ¡Claro! Y tú también la conocerás. Lo raro
es no conocerla. Él lleva enseguida a casa a todos sus amigos, sean del estilo que sean. Algunos incluso viven allí a temporadas. Y ella los

maneja, los controla, recoge sus confidencias. ¡Mamá Berta! Ya verás, ya...

INÉS: ¿Ya veré qué?

LAURA: Nada, que tú con lo sentimental que eres, como no estés en guardia, verás lo poco que tardas en caer en las redes de mamá Berta y de llorar tiernamente, cogiendo sus manos. ¿Quieres que representemos la escena? *(De repente deja el abrigo; se sienta en la cama.)* Verás. Ven. Tú estás muy triste y no sabes bien por qué. Lloras. Arrodíllate aquí.

INÉS: *(Ríe.)* Pero ¡qué boba eres!

LAURA: No te rías. Ven acá. Tienes que llorar. Ponte de rodillas. *(INÉS, sin dejar de reír, se arrodilla a los pies de LAURA.)* Imagínate ahora un rostro sereno y angélico. No el mío, claro... *(Pausa. Sonríe soñadora.)* Soy mamá Berta, y esto un gran diván que tienen en el salón de la entrada. Ah, viven muy bien, se me olvidaba. Allí todo es de buen gusto en la decoración; ni un detalle disuena. Y además, como se estila ahora, el lujo muy bien camuflado para no herir a nadie. Casa funcional. No sospechas que la chuchería más lisa puede haber costado dinerales. Al foro, cortina recogida que comunica con el vestíbulo. Pero, sobre todo, no te rías.

INÉS: *(A carcajadas.)* ¿Cómo no me voy a reír?

LAURA: Bueno: se alza el telón. Soy mamá Berta, ¿eh? *(Finge la voz, imitando la de la actriz que hará el papel de* BERTA.*)* «Inés, alza los ojos, mujer... Vamos, no seas complicada. *(*INÉS *ríe.)* Os empeñáis en haceros viejos antes de tiempo. Talo, igual»... Pero ¡llora, boba! Pareces boba. Tienes que estar llorando. *(*INÉS *ríe a carcajadas.)*

INÉS: Cállate, por favor, cállate ya. Lloro, pero es de risa. *(Se seca las lágrimas. Empieza a caer el telón.)* ¡Qué bien haces teatro!

LAURA: ¡Y tú qué mal! ¡Qué mal! *(*INÉS *sigue riendo.)* ¡¡Pero qué rematadamente mal!!

TELÓN

Acto segundo

Han pasado varios meses.

Salón en casa de GONZALO. *La decoración es la que habrá dejado entrever* LAURA *en su descripción. Puede estar inspirada en las revistas italianas de interiores. Muebles funcionales de buen gusto y en poca cantidad. Chimenea alargada. Lámparas de pie a tono con el conjunto.*

En primer término, de cara al público, sofá con una mesa bajísima delante. Sobre otra mesa estará el teléfono. A la izquierda, en segundo término, puerta que comunica con el interior de la casa. A la derecha, gran vidriera que sale al jardín, del cual se verán algunos árboles. Al fondo, arco que comunica con el vestíbulo.

Antes de levantarse el telón, se escucha durante

un rato una música de baile muy estridente, que continuará hasta que se indique.

    Se alza el telón. Es una noche de verano. Luz tenue en la habitación. Pero a través de la vidriera, abierta de par en par, viene toda la iluminación y el ruido del jardín en fiesta. Encima de la puerta y discretamente repartidos por la habitación, farolillos, letreros y adornos.

ESCENA PRIMERA. INÉS Y BERTA

(BERTA *está apoyada en el respaldo del sofá, cara al público. Frisa los cincuenta. Delgada. Distinguida.*

Se inclina, mirando a INÉS, *que está sentada en la alfombra con la barbilla sobre la mesa, inmóvil. Ha variado su aspecto. Debe ir peinada a la moda y vestida con buen gusto. Tiene encima de la mesa un vaso con bebida.*)

BERTA: (*Durante unos instantes mira a* INÉS *en silencio. Luego la música cesa y se oyen ruidos y risas que se irán apaciguando y alejando.*) Vamos, Inés, mujer, no seas complicada. Sal con todos; te van a echar de menos.

INÉS: No se preocupe por mí, de verdad. Estoy a gusto.

BERTA: *(Da la vuelta y se sienta en el sofá, siempre de cara al público. Empieza a acariciar en silencio la cabeza de* INÉS, *que no se mueve. Compondrán un cuadro parecido al que había descrito* LAURA *en el acto anterior.)* Te vas a quedar amodorrada ahí. *(Pausa.)* Retírate a dormir si te apetece. Yo te disculpo con todos.

INÉS: Gracias, Berta. Ahora me duele un poco la cabeza y estoy desvelada. No me dormiría.

BERTA: A lo mejor se oye mucho ruido desde tu cuarto. ¿Por qué no subes al mío? Yo hoy no me acostaré hasta que sea de día... *(Mirando hacia fuera y sonriendo.)* ¡O quién sabe! En el plan en que están esos locos... ¿Qué te pasa? ¿Estás llorando?

INÉS: No, no, salga a la fiesta. *(Con cierta impaciencia.)* ¡No se preocupe por mí!

BERTA: No puedo remediarlo; cuando veo a alguien de tu edad con ese gesto, me entra pena, como si fuera yo misma la que llora. Puede que sea añoranza de la juventud que se me escapó... No sé... *(Pausa. Se ha dado cuenta de que* INÉS *no la atiende.)* ¿De verdad no has reñido con Talo, o con alguien?

INÉS: No. ¿Qué motivos podría tener?

BERTA: Eso digo yo. *(Ansiosa.)* Talo está alegre esta noche, ¿verdad? *(*INÉS *se encoge de hombros.)* Yo creo que sí. Todos lo pasan bien.

Hay que divertirse, mujer. No sé cómo no te contagias del ambiente. ¿No ves a mi amiga Patricia?

INÉS: ¿Patricia? ¿Quién es?

BERTA: La chilena, esa señora alta que llegó cuando estábamos cenando, la que hace unas imitaciones tan graciosas.

INÉS: Ah, ya. ¿Y qué pasa?

BERTA: Nada, ¿no la ves? Ha venido esta noche por casualidad sin saber que se celebra el cumpleaños de Talo, ni conocer a nadie de la gente que hay, ni nada. Llevábamos años sin vernos, muchísimos... Y, sin embargo, ha sido llegar y ambientarse. Está levantando la fiesta, animando ella a toda la gente joven, con cerca de sesenta años que tiene. *(Pausa.)* Y tú, con veintidós... ¡Que no se diga, Inés!

INÉS: La edad no importa nada.

BERTA: ¿Cómo que no? Es lo que más importa. ¿Qué cavilaciones se van a tener a los veintidós años? Pero es que os empeñáis en haceros viejos antes de tiempo. Talo igual; pensáis demasiado los jóvenes. Es una epidemia.

INÉS: Pues a mí me parece que vivimos aturdidos, como enganchados en una noria; de pararse a pensar no hay tiempo.

BERTA: Ya os pararéis. Luego, cuando menos lo piensas, la vida te para en seco. *(Se ha queda-*

do pensativa, pero reacciona.) Venga, vamos fuera. Y haz un esfuerzo por poner otra cara más alegre.

INÉS: ¿En nombre de qué?

BERTA: *(Con cierta dureza.)* ¡En nombre de los demás! ¿Te parece poco? Por no destruir la alegría de los demás. *(Ha vuelto a sonar la música fuera. Más lenta esta vez.)*

INÉS: Perdone, Berta, pero eso *(señala con la cabeza hacia el exterior)* no es alegría. Es lluvia artificial. *(Esconde la cara en los antebrazos.)*

BERTA: *(Con la mano en el aire, no se atreve a acariciarla.)* Hija, calla, por Dios. Me has recordado a tu hermana. Hasta la misma voz sacas algunas veces. *(Pausa.)* Y sin embargo... *(Pensativa.)* Es curioso. Me acuerdo de la primera vez que Talo, hace unos meses, me habló de ti. Estábamos sentados aquí mismo. Dijo: «Es tan distinta a Laura.»

INÉS: *(Alza los ojos. Lentamente.)* Sí; desde luego, todos somos bastante distintos de ella.

BERTA: *(Con encono.)* ¡Gracias a Dios! ¿O es que aún la defiendes?

INÉS: *(Encogiéndose de hombros.)* No necesita que nadie la defienda.

BERTA: Pero tú lo haces. ¿No te acuerdas del daño que te hizo?

INÉS: Laura es así, pero incluso cuando hace daño...

70

BERTA: ¿Y cuándo hace otra cosa? Di, ¿cuándo ha hecho otra cosa que no sea daño? *(Transición.)* Perdona. Sé lo que te duele hablar de ella; y también comprendo que la vida la pudo tratar duramente. Pero ya ahora, ¿qué razón hay para que siga amargada, a pesar de sus éxitos?

INÉS: No está amargada.

BERTA: ¡Sí lo está! Y es cruel. ¡No tener ni siquiera con su única hermana un mínimo de delicadeza, de piedad...!

INÉS: Con tanta piedad, el mundo se llena de personas que crecen sin quitarse los andadores de niño pequeño. *(Pausa. Pensativa.)* Laura quería que aprendiera yo sola a vivir. A mucha gente le haría falta tener una madre como ella.

BERTA: *(Ríe.)* ¿Una madre como Laura? *(Pausa. Casi agresiva.)* ¿Qué quieres decir? ¿A quién podría hacerle falta?

INÉS: ¡A Gonzalo mismo, perdone que se lo diga!

BERTA: ¿A Gonzalo? *(Intenta reír.)* ¿Cómo se te ocurre pensar un disparate semejante?

INÉS: Sí, ya sé que parece un disparate. Usted se desvive por él, le tapa los miedos y las dudas, todo lo que Laura dejaría al descubierto, pero...

BERTA: ¿Pero qué?

INÉS: Que los débiles sólo podemos cicatrizar al descubierto. Yo lo sé por mí. No sirven de nada los emplastos.

71

BERTA: *(Airada.)* Pero ¿qué tiene que ver el caso de Talo con el tuyo? Quiero decir... Talo no es débil... *(Súbitamente.)* Bueno, tampoco se deja conocer mucho. ¿Tú crees que lo es?

INÉS: Sí, más que yo. Cada día más. *(Pausa.)* La única solución sería que se liberase de esto *(mira alrededor)*..., de todo esto. *(Reaccionando.)* Perdone, usted dice que le gusta que le hablen con franqueza.

BERTA: ¿Liberarse de qué? ¿Le pasa algo a Talo? Hace tiempo que no habla conmigo. Dime qué le pasa. ¿Le puedo yo ayudar?

INÉS: Usted siempre le puede ayudar. De eso se trata: de que deje de ayudarle. Necesita liberarse de usted, sobre todo.

BERTA: *(Abrumada tras una pausa.)* ¿De mí? ¿Es posible que te haya dicho eso?

INÉS: No me lo ha dicho. A lo mejor ni se atreve a pensarlo. Lo veo yo.

BERTA: *(Con sarcasmo.)* ¿Ah, sí? ¿Y tan segura estás de lo que ves? Es un vicio de juventud mirar con prisa, clasificar a la gente mayor sólo por su superficie. Pero no todo es superficie, Inés, también hay pozos, ¿sabes? *(INÉS, sorprendida, la mira a los ojos.)* Claro, no lo sabes. ¿Te has preguntado, por ejemplo, si yo necesitaría también liberarme de mi hijo?

INÉS: No sé... ¿Lo ha intentado?

BERTA: A veces. Pero mal, es difícil, créeme, y además yo soy torpe, y estoy sola... Arrastro sombras que intento pintar de colores, y ataduras que yo misma me puse. *(Se levanta y queda de pie lejos de Inés. Habla sin mirarla, como para sí misma.)* ¡Liberarse de mí! ¿En qué me meto yo? ¿De qué le pido cuentas? Yo no te conocía siquiera, una hermana pequeña de Laura, huérfana de madre... Estabas enferma y mal atendida en tu pensión, ¿no?, es un ejemplo. Me dijo: «Mamá, la traigo», y te trajo...

INÉS: Sí. Fue usted muy generosa; no crea que lo olvido.

BERTA: No fui generosa..., no lo soy... En fin, qué más da. No quiero agitar las sombras esta noche.

(La música ha cesado. Han pasado siluetas de parejas cerca de la puerta. Ahora gente que corre, riendo. Voces y palmadas: «Que no se vayan. Que no se vayan.» Pausa. BERTA *tiene un rostro fatigado y mira hacia fuera sin moverse.)*

Es muy duro lo que has dicho, Inés, muy duro... No sé si te das cuenta...

INÉS: *(Se levanta y se acerca a ella.)* Ahora sí, y seguramente injusto también, lo siento.

BERTA: ¡Hablarme a mí de libertad!, a una madre que desde que se quedó viuda lo ha sacrifica-

73

do todo a la libertad de su hijo. Sí, claro, vivimos juntos. Pero no creo que la vida que lleva le pueda parecer a nadie la de un esclavo. *(La mira.)* ¿O sí? *(INÉS calla.)* Por favor, di lo que piensas. Lo prefiero. Dilo.

INÉS: Puede ser esclavo de su libertad. Yo también lo soy ahora de la mía.

BERTA: ¡La libertad! ¿Cuánto manoseamos esa palabra? *(Irritada.)* Te haré una pregunta más fácil: ¿Él hace aquí o no lo que le da la gana?

INÉS: Pero, Berta, ¿de qué tiene gana Gonzalo? Antes de poder hacer lo que a uno le da la gana, hay que tener gana de hacer algo, ¿no?

   (BERTA va a replicar algo, pero calla y se dirige a la puerta. Desde allí se vuelve.)

BERTA: ¿Echas de menos a tu madre, Inés?

INÉS: Es terrible, pero no.

ESCENA SEGUNDA. DICHOS Y GONZALO

(BERTA *va a salir. En la puerta del jardín, se tropieza con* GONZALO, *que ha bebido mucho y habla excitadamente.*)

GONZALO: Mamá, ¿dónde te metes? Te andaba buscando. Se quieren ir los músicos, fíjate.

BERTA: *(Mirando el reloj.)* ¿Los músicos? Claro, hijo, se tendrán que ir ya pronto. Son más de las tres.

GONZALO: ¿Y qué que sean las tres? Es mi cumpleaños. ¿De qué horas me hablas? *(Nervioso.)* De verdad, no fastidies, mamá, no me vengas con tacañerías.

BERTA: *(Dura.)* Calla. No empieces como el año pasado. Recuerda cómo terminasteis el año pasado.

GONZALO: No recuerdo nada; no se recuerdan esas cosas de un año para otro. *(Reparando en* INÉS.*)* Anda, pero ¿estaba aquí Inés? Salve a la virgen triste.

INÉS: Hola, Gonzalo.

GONZALO: ¿Qué haces? Sergio preguntaba antes por ti.

INÉS: Me he entretenido hablando con tu madre.

GONZALO: ¿Hablando de qué? Podéis hablar fuera, y no aquí metidas como dos cucarachas. Ahora es cuando está empezando lo bueno. Hay un ambiente bárbaro. ¿Sabes, mamá, lo que propone Patricia?

BERTA: Yo no. Si apenas la he visto. Me la habéis acaparado entre unos y otros.

GONZALO: Es una mujer sensacional. Quiere que vayamos en una caravana de coches a ver amanecer a la finca de unos amigos suyos, levantarlos de la cama. Ahora te lo explicará mejor ella, si es que ha vuelto.

BERTA: ¿Volver de dónde?

GONZALO: Fue a su hotel a buscar dinero.

BERTA: ¿Dinero?

GONZALO: *(Con entusiasmo.)* Sí, dinero. ¡Mucho dinero! Le hace falta para su planes. Le va a dar cinco mil pesetas a cada músico para que nos acompañen hasta el final.

BERTA: ¡Dios mío! ¿Ha bebido mucho? Antes,

76

cuando bebía mucho era de temer. Se pone como loca.

GONZALO: Está loca. Sí. ¡Bienaventurados los locos! No irás a compadecerla por eso. Más loca que nadie, y más echada para adelante que nadie.

BERTA: *(Con ironía.)* Y sobre todo más rica que nadie, ¿no?

GONZALO: ¿Por qué dices eso? ¿Te molesta que traiga dinero para seguir la juerga? No seas convencional, mamá. El dinero, ¡qué importa de quién sea! Lo pone el que lo sabe poner.

BERTA: Y el que lo tiene, hijo. Tú de esos problemas tienes una noción bastante vaga.

GONZALO: Tenerlo es lo de menos. Hay gente que nunca es rica por mucho que tenga. *(Se va excitando.)* No viven ni un día de riqueza. Se mueren en la ramplonería por andar esclavos del futuro. ¿Qué le pasa a Patricia? ¿Es más rica que tú? Tú antes sabías serlo igual que ella...

BERTA: *(Cortante.)* ¡Basta! ¡Cállate, Talo! Has bebido mucho.

(INÉS *hace ademán de irse.)*

GONZALO: ¿Adónde vas ahora?

INÉS: A mi cuarto.

GONZALO: Espérate. Ven aquí. Siempre te estás escapando. Ésta no es ninguna conversación

77

privada. Inés es demasiado discreta, ¿verdad, mamá?

BERTA: *(Seca.)* Eso pregúntaselo a ella.

INÉS: *(Acercándose a* BERTA. *En voz baja.)* Perdóneme lo de antes, Berta, por favor. No sabemos nada unos de otros...

BERTA: Pues no...

GONZALO: ¿Qué cuchicheáis?

BERTA: *(Enérgica.)* ¿Y a ti qué te importa? Bueno, yo me largo, no me necesitáis para nada.

(Hace ademán de salir.)

GONZALO: ¿Qué bicho te ha picado? ¡Uf! ¡Eres insoportable!

INÉS: No hables así a tu madre, déjala en paz.

GONZALO: Que me deje ella a mí... Siempre como una espía, o haciéndose la víctima. *(A* BERTA, *notando la alteración creciente de su rostro.)* ¿Qué estás pensando ahora?

BERTA: *(Tratando de hacer un último esfuerzo por controlarse. Con voz fría.)* Que has bebido mucho y que acabarás borracho perdido. En fin, algo normal. Ya estoy acostumbrada.

GONZALO: ¡No me hables como a papá! No lo aguanto. Estoy harto, te lo juro, harto de...

BERTA: *(Interrumpiendo, cortante.)* De ti, ¿verdad? Pues mira, en eso coincidimos. Yo también me empiezo a cansar de mí misma..., de no haber dado un portazo a tiempo para seguir el rastro de esa libertad que todos nombráis, sin saber lo que es padecer de veras su falta..., harta de dar boqueadas en busca de aire. *(Se va excitando.)* ¡Aire! ¡Me ahogo! ¡Necesito escapar!

(GONZALO se acerca perplejo y asustado. Trata de acariciarla torpemente.)

GONZALO: *(Desconcertado, con voz de niño.)* Pero, madre, ¿qué te pasa?

BERTA: ¡Déjame! ¡No me toques! ¡Necesito aire! ¡Aire puro!

(Sale bruscamente, llorando.)

ESCENA TERCERA. INÉS Y GONZALO

GONZALO: *(En la puerta.)* Oye..., espera. *(Se vuelve a* INÉS *que está de pie donde se quedó cuando intentaba irse. Gesto de fastidio. Vuelve al centro y se sienta en el sofá. Enciende un pitillo. Pausa.)* ¡Y tú también, di algo! Estás ahí como la sombra del manzanillo. Un día va a llegar en que se te atrofie la lengua. ¿Por qué te callas? ¿Qué piensas?

INÉS: Nada. A ver si ahora la vas a tomar conmigo.

GONZALO: Es que me pone nervioso mi madre. Siempre cortando juego. Se ha vuelto tacaña.

INÉS: Le irán peor las cosas. A mí, además, no me parece nada tacaña.

GONZALO: En ella es una tacañería andar mencionando siquiera el dinero. ¡Que le van a ir peor las cosas! Cuando no tenga con qué pagar sus fiestas, ¿dónde estarán los demás? Hoy mismo, en una noche como ésta, debía hacer una hoguera con todo y conocer lo que es el resplandor de una fiesta. *(Con excitación.)* ¡Tirarlo todo! ¡Reventar! Ya saldríamos adelante, ¿no te parece?

INÉS: No sé. Puede ser. Pero yo no he visto que aquí nadie trabaje.

GONZALO: *(Tras una pausa se levanta a servirse bebida. Gesto de fastidio.)* ¡Bah! Ya me amargó la noche, seguro que he metido la pata. No sé lo que le he dicho, ¿te acuerdas tú?

INÉS: Sí... Algo de tu padre..., que no te tratara como a él... ¿Quería mucho a tu padre?

GONZALO: ¡Y yo qué sé! Se le fue de las manos... Y murió alcoholizado. Pero no en casa, en el piso de una viceetiple del Martín. ¡El gran secreto a voces! ¡Uf! Ahora tendré que irle a pedir perdón.

INÉS: No le pidas perdón. Ya se le pasará, si se ha enfadado. Os preocupáis demasiado uno del otro.

GONZALO: Sí; quizá... *(Intrigado.)* Pero ¿por qué lo dices? ¿De qué estabais hablando antes? *(*INÉS *se encoge de hombros, como aburrida.)* Digo antes, cuando yo he venido.

INÉS: De nada.

GONZALO: De algo sería.

INÉS: Sí, pero es muy difícil de resumir. Y me aburre, además.

GONZALO: *(Autoritario.)* ¡Pues aunque te aburra! Lo quiero saber. No se os puede aguantar a las mujeres cuando empezáis a haceros las misteriosas.

INÉS: Hablábamos *(con gesto distraído)*... ¡Yo qué sé! De la gente débil, de la libertad, de si hacer esfuerzos por divertirse vale o no vale la pena...

GONZALO: ¿Y tú qué? Tú habrás dicho que no vale la pena, claro.

INÉS: Ya no me acuerdo de lo que he dicho. Me duele la cabeza.

GONZALO: Nunca te diviertes. No haces más que dar la nota de misa negra. Dice Sergio que antes estabais bailando y le dejaste plantado. ¿Tampoco Sergio te divierte?

INÉS: ¡Y qué más da! Divertir, divertir. Todos con lo mismo. Parece que es la única clasificación posible; gente que se divierte y gente que no.

GONZALO: *(Se le notará el gesto de concentración propio de un borracho cuando se esfuerza por entender.)* Inés, no sé a qué te refieres. Sólo te digo que cada día estás más rara, que antes, recién venida tú a Madrid, nos divertíamos con la misma gente. Lo pasábamos bien entonces. ¿Te acuerdas cuando salíamos en pandilla con Fifa, con Eulalia? Ahora ellas mismas lo notan. Dicen que hasta cuando te hacen una broma sobre mí te lo tomas a la tremenda. ¿Por qué? Todos te quieren.

INÉS: *(Seria.)* Gonzalo, llevo varios días tratando de hablar contigo, y tú me huyes. Cada vez tiene menos sentido que siga en tu casa. Ya estoy repuesta. Quiero irme.

GONZALO: ¿Irte? ¿Adónde?

INÉS: Eso es cosa mía.

GONZALO: Pero ¿por qué? ¿No estás a gusto aquí?

INÉS: Demasiado. No se trata de eso.

GONZALO: ¿Entonces de qué? *(Furioso.)* ¡Dios! ¡Qué pesados estáis todos esta noche! Os habéis empeñado en amargarme el cumpleaños. *(Se acerca a ella. Con dulzura.)* ¡Qué paciencia hay que tener contigo! Acuérdate de este invierno, de las ganas que tenías de que llegara el buen tiempo: decías que todo se arreglaría en el verano. Mira el jardín; ya ha llegado el verano.

INÉS: Sí, siempre quiere uno poner la esperanza en algo. Dice Laura que es por el miedo de apoyarse sólo en uno mismo.

GONZALO: *(Cortante.)* ¡Deja a Laura ahora! *(Transición.)* Yo no puedo estar encerrado aquí. No empieces a inventar problemas. Vámonos fuera.

INÉS: ¿Ves como nunca me quieres escuchar?

GONZALO: *(Impaciente.)* No, Inés, esta noche no. Además son ventoleras, tonterías que se te ocurren. Te habrás empezado a atormentar por algo que haya dicho mi madre, sabe Dios.

INÉS: Tu madre no tiene nada que ver.

GONZALO: Sí. Te conozco. Cuando hablas de irte, es por ella. Crees que le extraña que estés aquí o que me pregunta que si eres mi novia o algo. ¡Si nunca me pregunta nada! ¡No seas antigua!

INÉS: Te digo que no se trata de tu madre.

GONZALO: ¿Entonces de quién? ¿De mí? *(Pausa.)* A veces me impacientas, es verdad, me desesperas. Pero es porque no acepto que estés triste. Lo sabes que es por eso. Y, sin embargo, ¿qué iba yo a hacer sin mi virgen triste?

INÉS: *(Intensamente.)* Talo, ayúdame a irme. No me lo hagas más difícil. A mí también me cuesta trabajo, compréndelo. Es como despegar la espalda de un escondite caliente y salir al frío otra vez. Pero tengo que hacerlo. Arrancar. Ya está bien de dejarse llevar por la vida de los otros.

GONZALO: ¿Pero ir adónde? No pensarás volver a Huesca.

INÉS: ¿Y por qué no? Para lo que he hecho aquí desde que vine...

GONZALO: Inés, no hables así, con ese tono de fracaso. Me has conocido a mí, ¿no?

INÉS: Sí, te he conocido.

GONZALO: Y además ¿qué?; has tenido un poco de mala suerte con el trabajo, indecisión sobre todo; y luego la enfermedad. Ya verás, en cuanto perfecciones la taquigrafía... *(INÉS se encoge de hombros.)* ¿Qué piensas? *(Transición.)* ¡No has fracasado en nada!, ¿lo oyes?, ¡en nada! A no ser que consideres un fracaso el haber reñido con tu hermana.

INÉS: Yo no he reñido con mi hermana.

GONZALO: ¿Cómo? ¿Es que la has vuelto a ver?

INÉS: No. ¡Qué miedo tienes de que la vuelva a ver! Quiero decir que yo no me he separado de ella, que me separasteis vosotros poco a poco.

GONZALO: ¿Nosotros?

INÉS: Sí, tu madre casi más. Ella metió cizaña entre Laura y yo, aprovechando que me veía desvalida.

GONZALO: Es ridículo, cualquiera que te oiga pensaría que te abrió las puertas de esta casa por táctica.

INÉS: Era una táctica, luego me he dado cuenta. Pero ella no lo sabe. Yo serví para desviarte de Laura. Me consideraba inofensiva, y en cambio a ella le tenía miedo, y se lo tiene. Igual que tú.

GONZALO: ¡¡Yo no!!

INÉS: ¡Tú sí! Lo tuyo fue una alianza conmigo contra Laura, porque sin apoyarte en otro no la resistías. Apartarme de ella fue como quitarle algo.

GONZALO: Tú también querías cambiar de pensión, ¿no? *(La mira angustiado.)* No fui yo solo. Tú también querías. Se gozaba en echarte abajo todas las ilusiones, te estaba destruyendo. Tú también querías irte.

INÉS: Sí, Talo, déjalo. *(Se pasa la mano por la frente.)* Yo también quería. No sé por qué volvemos a hablar otra vez de eso. Son cosas pasadas.

GONZALO: *(Con vehemencia.)* No tan pasadas, Inés. Te has llegado a poner enferma de los nervios. Y lo estás todavía *(la mira)*..., todavía... *(Pausa. Como para sí mismo.)* Yo quise ayudarte, no sabías qué hacer tan sola. ¿Cómo me echas en cara algo que hice sólo por ti?

INÉS: *(Dulcemente.)* No te echo nada en cara, Gonzalo. Sólo te digo lo que veo cada vez más claro: que no era por mí. Lo que verdaderamente te movió fue tu propia cuestión con Laura, que todavía existe. De amor. De rivalidad. De lo que sea.

GONZALO: *(Excitadísimo.)* ¡Mentira!

INÉS: ¡Verdad! Lo único que te importaba era Laura. Y es lo único que te importa todavía.

ESCENA CUARTA. DICHOS Y PATRICIA

(Entra de la calle PATRICIA, *con una guitarra y paquetes, y se queda mirándolos. Es una mujer de unos sesenta años, guapa y artificial. Va muy bien vestida.)*

GONZALO: ¡Mentira! ¡Cállate! ¡Estás mal de la cabeza!

PATRICIA: ¿Estorbo?

GONZALO: *(Con alegría, yendo hacia ella.)* ¡Patricia! No, al contrario. ¡Cuánto has tardado! ¿Qué traes ahí?

PATRICIA: Bebidas especiales, mi guitarra..., te hablé de mi guitarra, ¿no? Pero *(los mira)* creo que he interrumpido una conversación. ¿Quién está mal de la cabeza? ¿No decías algo de eso?

GONZALO: Todos. Todos estamos un poco mal de la cabeza desde que has desaparecido tú. Supongo que conoces a Inés.

PATRICIA: *(Mirándola.)* Sí, sí; me la han presentado antes. Por cierto, estoy muy enfadada con ella. Me llama señora.

INÉS: Oí que está casada. Lo siento. No pude evitar oírlo.

GONZALO: ¿Y eso qué tiene que ver, calamidad? Patricia es Patricia. Un raudal, un fenómeno, un hada. Falta te haría ponerte bajo su beneficio para que se te fueran las penas.

PATRICIA: *(Con acento frívolo.)* Ah, ¿pero tiene penas? Entonces me callo. Al que tiene penas, todo se le perdona. Ayúdame a dejar esto, Gonzalito. *(GONZALO le ayuda a poner los paquetes sobre una mesa.)* ¿Y qué clase de penas? ¿Disgustos de amor?

GONZALO: Cualquiera sabe.

INÉS: Bueno, yo estoy cansadísima. Me voy a dormir.

GONZALO: Pues, chica, más vale, porque para verte toda la noche con esa cara...

PATRICIA: Sí que tiene mala cara. *(A ella.)* ¿Te encuentras mal?

INÉS: Me duele un poco la cabeza. Buenas noches.

PATRICIA: Te puede acompañar mi chófer, si quieres.

INÉS: Muchas gracias. Por ahora, vivo aquí.

PATRICIA: Ah, no sabía. Pues que descanses.

GONZALO: *(A* INÉS, *que va a retirarse.)* Inés... *(Quedan hablando aparte, mientras* PATRICIA *termina de colocar los paquetes.)* Espera, no me has felicitado siquiera todavía.

INÉS: Felicidades, Talo.

GONZALO: No te vayas enfadada, por favor. Perdóname. Hoy estoy excitado. Mañana hablaremos de todo lo que quieras. ¿Te vas enfadada?

INÉS: No, de verdad.

GONZALO: Pues que descanses. Y no estés triste, Inés. Deja la ventana abierta. Te gustará oír la música desde la cama. Piensa que hoy ha entrado junio, el mes del verano. Ánimo, Inés.

INÉS: Gracias. Tenlo también tú. El verano puede ser muy largo o muy corto. Que lo sepas aprovechar.

GONZALO: *(Sonriendo.)* Bueno, pero tampoco quiero que parezca que te estás despidiendo.

INÉS: Nunca sabe uno cuándo se empieza a despedir. Adiós. *(Sale por la puerta que da al interior de la casa.)*

ESCENA QUINTA. PATRICIA Y GONZALO

(GONZALO *se queda silencioso mirándola salir,* PATRICIA *le mira con sorna. Se apoya en el sofá y rasguea un poco la guitarra.)*

PATRICIA: *(Cantando.)*
   «Desde que se fue
   nunca más volvió...» *(Ríe.)*
   No me dices nada de mi guitarra. *(Sigue rasgueándola.)* ¿A que suena muy bien?
GONZALO: *(Distraído.)* Sí. *(Se sienta y enciende un pitillo.)* Pero ¿de qué te ríes?
PATRICIA: De ti y de esa chica tan misteriosa. ¿Qué os pasa? Unos dicen que es tu novia y otros que no.
GONZALO: No es mi novia.
PATRICIA: Ah, vamos, me quitas un peso de encima.

GONZALO: ¿Por qué? ¿No te gusta?

PATRICIA: ¿Para ti? ¿Cómo quieres que me guste para ti esa chica? Será muy buena, no lo dudo, pero vamos, no tiene categoría ni para que la acompañes de una acera a otra. No tiene gracia, ni estilo, ni nada. En fin, perdona, yo siempre digo lo que pienso.

GONZALO: Ya, ya se nota.

PATRICIA: A lo mejor he metido la pata. ¿Es que estás enamorado de ella?

GONZALO: No creo. *(Pensativo.)* Pero me gusta verla contenta. Ver que se le borran esas rayas de la boca. Cuando se ríe...

PATRICIA: ¿Cómo? ¿Pero se llega a reír?

GONZALO: *(Nostálgico.)* Sí, algunas veces. Y entonces es como si el sol se levantara. Una tontería: como si se me quitaran remordimientos de conciencia.

PATRICIA: No digas, ¿es que tú tienes de eso?

GONZALO: Sí, los tengo. Siempre. Como un nudo aquí. *(Se coge la garganta.)* Y ella me los quita cuando se ríe. Por eso me gusta verla bailar y beber, y deseo tanto que se divierta. Es por mí. Por egoísmo. Cuando vamos a ciento diez en el coche y me pide que baje la capota para sentir el aire en la cara, me estrellaría contra todos los árboles de la carretera, porque entonces ella cierra los ojos y sé que es feliz.

PATRICIA: Pero, hijo, hacer felices a los demás se queda para la gente que ha gozado ya mucho. Esperemos que a ti te quede bastante por gozar.

GONZALO: A lo mejor. Pero es todo tan aburrido, Patricia. Y hacer feliz a Inés me excita, me justifica de lo demás.

PATRICIA: ¿Qué es lo demás?

GONZALO: No sé, vivir gratis, que todas las otras risas suenen cuando quiero, sin el menor esfuerzo, sólo con apretar un botón. A veces estoy tan harto...

PATRICIA: *(Cómicamente.)* Pero bueno, ¿qué te ha pasado?, ¿te picó el diablo? Y parecía, cuando me fui, que te ibas a comer el mundo. Vamos, príncipe, que si tú nos fallas, se acabó la noche.

GONZALO: *(Nervioso.)* No, no se acabó, no se puede acabar. *(Le agarra las manos.)* Ha dado un mal viraje, nada más, pero es porque tú te has ido. Me pasa a veces, cuando he bebido mucho, que se me oscurece de pronto la alegría, como si me cayera en un pozo. Pero ya has venido tú; no lo consientas.

PATRICIA: *(Alegremente.)* Claro que no; ¡nada de pozos! Fíjate todo el repuesto que he traído. Bebidas de mi tierra. Llevan garantizada la borrachera alegre y luminosa. Vamos a abrir una botella. *(Se pone a hacerlo.)*

GONZALO: Patricia, tú estás alegre, ¿verdad?

PATRICIA: Claro, hombre. Y tú. *(Le ofrece una copa de vino.)* Bebe, a ver si te gusta.

GONZALO: Mucho. Es una maravilla. Pero tú más. Da gusto con las personas como tú. *(Con repentina excitación.)* ¡Vamos fuera! Hace daño lo cerrado. Hay que hablar con todos, organizar lo del viaje a ese sitio. Tiene que ser una noche que no se acabe, que deje recuerdo.

PATRICIA: ¿Ves como era una bebida mágica? Y eso que apenas la has probado. Anda, vete saliendo tú por delante a sondear los ánimos. Yo tengo que telefonear un momento. *(GONZALO va a salir.)* Ah, oye, hay que actuar con diplomacia. A los pesados, mejor que los vayáis espantando disimuladamente. Gente de empuje y buena es lo que hace falta. ¿Has hablado con ese amigo que decías?

GONZALO: No, por culpa de mi madre. Antes medio me enfadé con ella. Está en un plan antipático, de poner pegas, ¿sabes?

PATRICIA: ¿Pegas? Mira, tú habla con ese amigo y a tu madre déjala de mi cuenta. Yo la emborracho.

GONZALO: *(Vuelve a entrar y besa a PATRICIA.)* Patricia, eres un genio; eres Goethe. Cinco minutos que tardes en salir y me muero.

PATRICIA: Bueno, bueno, no me andes besando mucho que eres demasiado guapo.

GONZALO: Más peligro corro yo. Si no hablaras de vez en cuando de ese misterioso marido. ¿De verdad existe?

PATRICIA: Yo eso creo. Lo que pasa es que va por libre. *(GONZALO ríe.)* Anda, ahora salgo.

GONZALO: Bueno, no tardes.

ESCENA SEXTA. PATRICIA SOLA. LUEGO BERTA

(Sale GONZALO. *Al quedarse sola,* PATRICIA *se pondrá de cara al público y marcará un número. Aparece* INÉS *sigilosamente hacia el arco del fondo con una maleta en la mano. Se detiene sobresaltada al advertir la presencia de* PATRICIA, *pero ésta no la ve.)*

PATRICIA: *(Al teléfono.)* Oiga, Hotel Plaza, ¿es la conserjería? Póngame con el conserje por favor.

*(*INÉS *se decide a avanzar, cruza y desaparece sin ser vista por* PATRICIA.*)*

¿El conserje? Soy la señora de Aldana, de la habitación 315. Sí, acabo de estar ahí hace un momento. Mire, le he dejado una nota a mi marido en la habitación, pero ahora pienso

95

que quizá, en lugar de regresar, telefonee ahí simplemente preguntando por mí. Eso es. Si es así, dígale que llame al 59-14-28. ¿Ha tomado nota? Que me llame sin falta. Gracias.

(BERTA, *que ha entrado a tiempo de escuchar las últimas frases, queda ahora de pie frente a su amiga.)*

BERTA: ¿Y tú eras la que no habías traído al marido para que no nos estropeara este encuentro después de tantos años?

PATRICIA: Sí, ¿por qué lo dices?

BERTA: Porque si a esto le llamas volvernos a encontrar... Te han raptado los demás, ni te veo ni te oigo.

PATRICIA: Mujer, pero merece la pena. Me siento muy joven. Y además, si hubiéramos hablado mucho, nos habríamos puesto tristes.

BERTA: Yo ya lo estoy. Pero da igual. Oye, y tu marido, por fin, ¿va a venir a buscarte? Tengo ganas de conocerlo.

PATRICIA: No sé. No lo he localizado todavía. *(Ríe.)* Se me ha perdido, hija. No pongas esa cara.

BERTA: ¿Las tres y cuarto y no sabes dónde está?

PATRICIA: Estará por ahí con algún amigo. Él también hace tiempo que falta de España. Tiene sus amistades privadas y las estará refrescando en estos primeros días.

BERTA: ¿A las tres y pico de la mañana?

PATRICIA: Él dice que la noche es igual que el día, sólo que negra. Y, sobre todo, no quiero preguntar nada. ¿Es que ya no te acuerdas de cómo me casé con él? Te lo conté por carta: fue un pacto, no me quería.

BERTA: Pero ahora ya te querrá.

PATRICIA: Sí, digamos que me tiene un cierto afecto. Pero no había nacido para casarse y lo dejó bien claro desde el principio. No me engañó.

BERTA: No entiendo por qué se casó entonces.

PATRICIA: Me empeñé yo. Le hice el amor a la desesperada, como nunca lo había hecho. Estaba cansado y enfermo, y no tenía dinero, sólo deudas. Pero se resistió mucho, no creas. Cuando por fin me casé con él, aceptando todas sus condiciones, me parecía haber ganado la batalla más difícil de mi vida.

BERTA: ¿Y ahora?

PATRICIA: Ahora creo que la he perdido.

BERTA: Por favor, de batallas perdidas no me hables, ¿quieres? *(Suena el teléfono,* BERTA *lo coge.)* *(Al teléfono.)* ¿Cómo dice? Ah, sí, la señora de Aldana. Espere un momento. *(A* PATRICIA.*)* Debe de ser él.

PATRICIA: *(Al teléfono.)* ¿Lorenzo? Hola, cariño... ¿Qué es de tu vida? Sí, claro. No sabía que me iba a entretener tanto. Pero es que en casa de estos amigos tenían una fiesta de cumpleaños.

Todavía dura. ¿Por qué no vienes?... Yo creo que te gustaría. Hay mucho ambiente. A lo mejor enlazamos con la mañana... Pero ven. Si no quieres saludar, ni saludas. Son gente de vive como quieras... Que no, qué van a ser estirados, ni hablar. ¿Estás lejos?... ¡Ah! ¿Con una amiga? Tráela contigo si quieres... Hombre, gente fina, según a lo que llames gente fina. Comen con tenedor y cuchillo, desde luego. Pero me figuro que tu amiga también... Pues ya es una ventaja... Venga, decide lo que sea... No, hombre, volverme a llamar, ¿para qué? Queremos ir a la finca de los Millán a ver amanecer, lo estamos organizando ahora... Claro, divertidísimo. Anda, anímate... Lo que quieras. Con amiga o sin ella.

BERTA: Oye, por favor, que traiga a quien quiera, encantados.

PATRICIA: Espera, ¿ves? Me dice mi amiga que traigas a quien sea, que cuantos más, mejor... De acuerdo, ¿qué tardarás?... *(Empieza a caer el* TELÓN.*)* ¿De los tuyos?... De acuerdo. Cuarenta minutos de los tuyos. Hasta ahora.

TELÓN

Acto tercero

La misma decoración del acto primero.

Puede haber algunas variaciones, por ejemplo la adición de un pequeño sofá con mesita delante, y algún otro mueble. Los de antes habrán cambiado parcialmente de disposición. Pero en conjunto el aspecto descuidado y poco lujoso de la habitación será el mismo.

Hay un teléfono cerca de la puerta, colocado encima de un trípode. El hilo del teléfono entra por una muesca de la puerta, de manera que se entienda que el mismo aparato es común a las necesidades de la pensión y a las individuales de Laura. Carteles de teatro pegados por la pared. Encima de la mesa donde estudiaba TONI, *se ve un gran ramo de flores y una botella con vasos. La cama está un poco deshecha. Este acto, en el tiempo, es una continuación exacta del anterior y enlaza con él.*

ESCENA PRIMERA. LORENZO Y LAURA

(Al levantarse el telón, LAURA *está sentada de cara al público. Lleva pantalones y blusa sencilla. Tiene en la mano sus tijeras y se distrae recortando muñecos.*

Detrás de ella, de pie, LORENZO *habla por teléfono. Viste con afectado descuido, pero con elegancia. Tiene entre cuarenta y cinco y cincuenta años.)*

LORENZO: *(Al teléfono.)* Sí... Pues nada de particular. Te llamé antes al hotel, como quedaste en volver pronto... ¿Ir ahora? No sé, estoy algo cansado... Me parece muy bien, tú haz lo que quieras... No sé qué decirte. Me da pereza. Luego a lo mejor voy hasta ahí y resulta que son gente estirada... ¿Yo? Por aquí, por viejos barrios con una amiga mía. No, no muy lejos.... ¿Llevarla a ella? Ah, bueno, eso sería una idea. Si dices que no son gente demasiado fina... Sí *(mira a* LAURA*)*, me figuro que seguirá comiendo con tenedor... *(*LAURA *no se vuelve ni le mira.)* Bueno, ya veré. Por mí no te preocupes. En todo caso, volveré a llamar... Hombre, no está mal eso, sería divertido llegar de madrugada y que nos hicieran chocolate... Sí, me voy animando, puede que vaya ahora... ¿Cómo? Ah, gracias, dale las gracias. Sí, desde luego voy, y a lo mejor con mi amiga... Estaré ahí dentro de... cuarenta minutos... Sí, de los míos... Hasta ahora. *(Cuelga el teléfono y, sin soltar el aparato, a* LAURA*.)* Oye, ¿qué hago con esto?

LAURA: *(Con un leve giro de cabeza, sin mucha atención.)* ¿Con qué?

LORENZO: Con el teléfono. Que si lo dejo aquí o lo vuelvo a sacar al pasillo.

LAURA: Ah, déjalo ahí, es lo mismo. ¿Quién va a llamar ya a estas horas?

LORENZO: *(Avanza hacia ella.)* ¿Has visto como ha sido igual que yo te decía?

LAURA: *(Indiferente.)* ¿El qué?

LORENZO: La conversación con mi mujer. ¿Es que no has oído?

LAURA: Pues no. Estaba pensando en otra cosa.

LORENZO: Le he dicho: «Me retrasaré porque estoy

con una amiga», y ha contestado: «Tráela contigo y así la conozco.» Eso ha dicho, sin más
preguntas, de verdad.

LAURA: Bueno, ¿y qué?

LORENZO: Nada, que sería divertido que os cono-
cierais. Además, está en una fiesta con gente
que ni tú ni yo sabemos quién es. Siempre
vale la pena afrontar situaciones disparatadas.

LAURA: No siempre. *(Pausa.* LORENZO *se sienta
junto a ella.)*

LORENZO: Y, además, ¿no sientes curiosidad por
conocerla?

LAURA: Ninguna.

LORENZO: No eres muy amable.

LAURA: No sé cuándo lo he sido. *(Termina de recortar la tira de sus monigotes y la extiende.)*

LORENZO: ¡Pero deja las tijeras de una vez! ¿Cuándo te ha entrado la manía esa de los papelitos?

LAURA: *(Ríe y deja las tijeras. Hace bolitas con los
recortes que sobran y las tira al suelo.)* Alguna
manía hay que tener. Antes, cuando estaba
nerviosa, ponía a bailar tu anillo encima de la
mesa; me pasaba el día así.

LORENZO: *(Le mira el dedo y se lo acaricia.)* ¿Y
ahora no estás nerviosa?

LAURA: Sí, a veces. Pero se me ha quedado chico y
ya no sale.

LORENZO: Yo lo llevaba en el meñique... *(Se lo*

aparta un poco de la carne.) Te ha dejado marca, ¿eh?, como un anillo de compromiso.

LAURA: *(Apartando la mano.)* Pero bueno, ¿no te ibas?

LORENZO: *(Cogiendo un pitillo.)* No hay prisa. Otro pitillo, ¿te importa? *(Lo enciende.* LAURA *bosteza.)* Estoy a gusto aquí.

LAURA: *(Se levanta y va a tumbarse a la cama, que cruje. Antes ha cubierto un poco las sábanas con la colcha.)* No me importa nada. Quédate lo que quieras. Sólo que ya tengo sueño.

LORENZO: Yo también estoy algo cansado. ¡Qué a gusto me quedaría contigo! *(Pausa.)* Oye, esa cama cruje de un modo indecente. Te vas a caer un día.

LAURA: No, hombre, todavía tira. Tampoco creas que hago un uso violento a diario. *(Pausa.)*

LORENZO: *(Mirando alrededor.)* Desde luego te haría falta arreglar un poco todo este cubil. Ponerlo un poco más gracioso, más moderno, si es que te empeñas en no cambiar de sitio. *(*LAURA *calla con los ojos cerrados.)* ¿Me oyes?

LAURA: Sí, claro.

LORENZO: Como no dices nada.

LAURA: Qué quieres que te diga. Ya sabes que yo vivo a gusto aquí.

LORENZO: Bueno, pero querrás que también estén a gusto tus amigos, cuando vienen.

LAURA: No me interesa tener amigos exquisitos. Tú antes no protestabas. Y mi cubil, en todo caso, ha mejorado.

LORENZO: *(Vuelve a mirar en torno.)* Sí, vaya unas mejoras para una primera actriz. *(Pausa.)* Lo único bonito que hay aquí es ese biombo. ¿Regalo de algún admirador? *(LAURA asiente. LORENZO se levanta a mirarlo.)* Oye, no te estarás quedando dormida...

LAURA: *(Tras emitir una especie de mugidito de placer, estirándose.)* No creas que me falta mucho. *(Abre los ojos y le mira.)* ¿Te ofende?

LORENZO: Mujer, tú dirás. Vaya una manera de despedirte de mí. *(Se acerca.)* ¿No has dicho que es la última vez que quieres verme?

LAURA: Sí.

LORENZO: ¿Y a ti te parece de verdad que no vas a volver a verme?

LAURA: *(Abre los ojos.)* Bueno, volveré a verte alguna vez, supongo. El mundo no es tan grande ni nosotros somos tan viejos. Pero por ahora hemos agotado lo que había que decir y ha sobrado tiempo.

LORENZO: Para mí no. Tengo muchas más ganas de hablar contigo que antes, cuando fui a verte al teatro.

LAURA: Oh, c'est vrai? Parlez moi d'amour, je vous en prie! Me va entrando el sueño poco a poco.

LORENZO: *(Suplicante.)* Laura...

LAURA: *(Con naturalidad.)* Dime.

LORENZO: Abre los ojos, por favor. *(Ella lo hace.)* Y escúchame de otra manera.

LAURA: *(Ríe. De un salto ágil, se sienta sobre la cama estilo moruno y se queda mirándole con un gesto lánguido de atención, la barbilla apoyada en las manos con voz de doblaje de película.)* ¿Así, forastero?

LORENZO: No, así no. *(Cogiéndola de la mano y tirando de ella.)* De verdad. Ven a sentarte a mi lado, y hablemos.

LAURA: *(Después de resistirse.)* Pero mira que tienes mala idea. ¿De qué me vas a hablar, tan importante? *(Se sienta con él en el sofá.)* Venga, dame un pitillo.

LORENZO: *(Se lo da.)* Tú. Tú eres la que me tiene que contar algo. Te busco sin encontrarte; parece que estás muerta.

LAURA: *(Cómicamente asustada.)* Me preocupas, Lorenzo. ¿Estaré muerta? *(Echando una bocanada de humo.)* Pero no. Fumo, luego existo.

LORENZO: Laura, no empieces a hacer comedia, aunque la hagas bien.

LAURA: ¿Y qué quieres que haga? ¿Tragedia, como tú? ¡No! En una tragedia, cuando hay muertos, son de los de verdad, no de los que parece que están muertos; no creo que sea justo montar tragedia ahora. De que hayamos vuelto a encontrarnos, estemos juntos unas horas y luego nos despidamos, como es lógico, ¿qué tema de tragedia se va a sacar? Dime tú.

LORENZO: *(Tras vacilar.)* Puede que tengas razón.

LAURA: Claro que la tengo. Dices que me callo y que parezco muerta. Ahora me callo porque estoy cansada, y antes porque te he estado escuchando. A ti te han ocurrido más episodios y es natural que hayas hablado más. Yo no he hecho viajes, no he estado gravemente enferma «casi viendo la luz del otro mundo», no he cambiado de aficiones, no me he casado. Ya ves que hasta vivo en el mismo cuarto.

LORENZO: Y, sin embargo, Laura, dentro de ti han pasado cosas. Muchas.

LAURA: Supongo. Sólo que no sé cuáles, porque he estado atenta a las de fuera. Lo que pasa dentro de uno, tenías razón tú, es pura invención, telaraña.

LORENZO: Laura, tenemos que volver a vernos. Eres... *(Suena el teléfono,* LAURA *lo va a atender.* LORENZO *la sigue con ojos arrobados.)*

LAURA: ¿Qué soy? *(Al teléfono.)* Diga... Ah, sí, hola, Isabel... Muy bien... No, guapa, no me has despertado... Creo que sí, antes vi luz en su cuarto. Espera, ahora le llamo. *(Se arrodilla en la cama y llama con los nudillos al tabique.)*

107

¡Toni! ¡Toni! *(Se oyen otros golpes que contestan del otro lado y una voz responde: «Dime.»)* ¡Al teléfono! Te llama Isabel. *(Voz de* TONI: *«¡Voy!»* LAURA *vuelve a ponerse.)* Sí, está despierto. Ahora viene... De nada. *(Vuelve al lado de* LORENZO.*)* ¿Por qué me miras así? Pareces Felipe, aquel camarero de los ojos de besugo; ¿te acuerdas de Felipe?

LORENZO: *(Serio.)* Laura, ¿sabes en qué noto que me he vuelto viejo?

LAURA: No sé. ¿En que tienes peor memoria?

LORENZO: No. En que te estoy oyendo y mirando y me gusta creer que me he enamorado de ti.

LAURA: ¡Mentira! No te dejes pillar. Eso es siempre mentira.

ESCENA SEGUNDA. DICHOS Y TONI

(Entra TONI con pijama y zapatillas. Se detiene un poco azarado, al ver que LAURA no está sola.)

TONI: Buenas noches (LORENZO hace una inclinación de cabeza.)

LAURA: Hola, Toni.

TONI: (Al teléfono.) ¿Qué hay?... Sí, sí, claro que me acordaba. ¡Cómo se me va a olvidar! ¿Sólo me llamas para eso?

LORENZO: (A LAURA.) Me impresionas. Has llegado a una frialdad alucinante. Si hubieras visto las cosas tan claras cuando te conocí...

TONI: Sí, sí...

LAURA: ¿Qué habría pasado?

LORENZO: Que te habría llevado conmigo.

TONI: Mujer, es que no son horas... Claro, estudiando, ¿qué iba a hacer levantado, si no?

LAURA: Te impresiono sólo porque no me llevaste contigo.

TONI: *(Con voz impaciente.)* Hablaremos mañana... Que no, mujer, que no estoy enfadado... Que no...

LAURA: *(Cerca de* LORENZO, *vivamente.)* ¿Es que no lo comprendes? No podía haber visto las cosas tan claras entonces. Tuviste que irte para que las viera claras.

TONI: ¿Qué quieres que te diga?... Sí, bueno. ¡Que no! Adiós, mujer, que duermas bien. *(Cuelga.)* Buenas noches, Laura. Gracias. *(Va a salir.)*

LAURA: *(Deteniéndole.)* Ven, Toni, no te vayas. *(*TONI *avanza.)* Te quiero presentar a mi amigo Lorenzo Aldana. Le iba a hablar de ti. Él ha estado varios años en América.

TONI: *(Estrechándole la mano.)* Antonio Ruiz. Mucho gusto. Perdone que me presente de esta manera; estaba estudiando en la cama.

LAURA: No te preocupes. A Lorenzo nunca le han dado ni frío ni calor las cuestiones de ropa, aunque ahora lo veas bien vestido. *(A* LORENZO.*)* Es que Toni tiene la intención de irse a América este año, a alguna universidad de allí.

TONI: A la universidad o a trabajar donde sea. Me quiero casar. Aquí es todo muy difícil.

110

LAURA: Le han dicho que allí...

TONI: Por ejemplo en Venezuela dicen que es fácil encontrar trabajo, que lo pagan bien. ¿Usted ha vivido en Venezuela?

LORENZO: Sí. También estuve. Y tengo amigos.

TONI: A mí me da igual ese sitio que otro. Yo, por lo que oigo. ¿Es verdad que en esos países es fácil la vida?

LORENZO: Sí, tal vez. Aunque le disuelven a uno. Pero su caso será distinto.

TONI: ¿A usted qué tal le fue?

LAURA: ¿A él? ¡De maravilla! Se ha casado con una millonaria.

TONI: *(Sonríe.)* Es una buena solución, claro; pero yo la novia ya la llevo. *(Pausa.)* En fin, me gustaría charlar con usted más despacio.

LAURA: *(Vivamente.)* Dale una tarjeta, ¿no, Lorenzo? Que vaya a veros a vuestro hotel. Convendría que a tu mujer también la conociese, si dices que está tan relacionada.

LORENZO: Sí, es una buena idea que conozca a Patricia. Ella le podrá informar mejor que yo. *(Saca una tarjeta y se pone a apuntar.)*

TONI: Muchas gracias. Pero no querría molestarles.

LAURA: Moléstales un poco. Están de turismo. Si no, se aburren.

LORENZO: *(Sonriendo y dándole a* TONI *la tarjeta.)*

111

Hotel Plaza. He apuntado también el número de la habitación y el teléfono. Mi mujer se llama Patricia. Puede también presentarse a ella, aunque no esté yo.

LAURA: Sí, pero no te olvides de advertírselo.

LORENZO: Se lo diré luego; sin falta.

TONI: No sé cómo agradecérselo. *(Coge la tarjeta.)* ¿Puedo llevar a mi novia?

LORENZO: Claro, qué preguntas; vayan mañana mismo, si quieren, a tomar café.

TONI: Pues hasta mañana. Llamaremos antes. *(Le estrecha la mano.)* Y muchas gracias. *(Va a salir.)* Oye, Laura. Mañana pasaré a por las entradas para aquellas amigas de Isabel. ¿Te acordarás?

LAURA: Sí, sí. Se las dejo en taquilla.

TONI: Bueno, de acuerdo. *(Sale.)*

ESCENA TERCERA. LORENZO Y LAURA

LORENZO: Y éste ¿quién es?

LAURA: Un sobrino de Antonia, la patrona. ¿No te acuerdas de ella?

LORENZO: Claro que me acuerdo. ¿Sigue tan antipática?

LAURA: No. Ahora me quiere muchísimo, desde que estoy en teatros de pago. (Pausa.)

LORENZO: Laura..., ¿por qué le has dicho a ese chico que mi mujer es millonaria?

LAURA: Tú lo dijiste antes.

LORENZO: Sí, pero tú lo has repetido como si me hubiera casado sólo por dinero.

LAURA: Eso entendí. Que ella era muy rica, que te quería, y que tú estabas al borde de la desesperación. Y entonces te agarraste para no caer; vamos, que hizo ¡crac! tu famoso equilibrio inestable. ¿No fue así?

LORENZO: *(Pensativo.)* Algo de eso hubo. Pero no debes lanzármelo a la cara como una acusación. Cambia uno cuando se hace viejo, ya lo verás.

LAURA: Pero si yo no te acuso de nada.

LORENZO: Llegan momentos en la vida en que se van al diablo todas las posturas y las palabras. Tú también, Laura, algún día te sentirás demasiado sola, y cansada. Y querrás anclarte como los demás. Claro que... *(Calla.)*

LAURA: ¿Qué?

LORENZO: Que ojalá tarde en llegarte ese día. Te has vuelto muy valiente. *(Le da un golpecito amistoso en la barbilla y se levanta despacio. Coge alguna cosa que había dejado encima de la mesita. Se compone la corbata delante del espejo. Todo con mucha lentitud.* LAURA *le sigue con los ojos.)* Bueno, niña: me voy. ¿De verdad que no te interesa venir a conocer a Patricia?

LAURA: De verdad.

LORENZO: Me gustaría que fuerais amigas. Mucho.

LAURA: ¿Por qué? ¿Te tranquilizaría la conciencia?

LORENZO: Tal vez.

LAURA: Deja la conciencia algo intranquila. No te mueras del todo.

LORENZO: Quiero que veas que Patricia es joven

todavía, alegre. Que está llena de iniciativas. ¿Crees que si no me habría casado? Quiero que vengas a conocerla. Ven. *(Con vehemencia.)* Te lo ruego.

LAURA: *(Firme.)* Lorenzo, yo tengo sueño y estamos gastando tiempo en vano. No dudo que tu mujer sea encantadora; no tienes que justificarla ni justificarte tú. Lo único que ocurre, ¡a ver si lo entiendes de una vez!, es que no me atañe en absoluto que te hayas casado o dejado de casar.

LORENZO: ¿Cómo puedes decir eso?

LAURA: Eres un señor muy atractivo, gran narrador de viajes, y te he conocido hace *(mira el reloj)* tres horas. Me has traído flores al camerino, me has dicho que soy una estupenda actriz –eso siempre halaga–; luego hemos bebido un poco juntos y has querido estar más rato conmigo.

LORENZO: ¡Tú también querías!

LAURA: Sí. Yo también quería. Y hemos estado más rato. Un rato intenso, maravilloso, ¿no? Pero eso es todo.

LORENZO: *(Con calor.)* ¡Eso no es todo, Laura! *(Se acerca. Le hace mirarle.)* ¡Me estás mintiendo! Antes no te parecí un desconocido. Cuando entraste en el camerino y me viste allí de repente... Fueron unos instantes, pero cuando

115

me llamaste por mi nombre con tu voz, la misma que yo recordaba...

LAURA: *(Se aleja de él. Con naturalidad.)* Pero claro, hombre. No olvides que venía de hacer teatro. ¿Quién no hubiera caído en la trampa? Allí parado con las flores y aquel aire de aparición, enlazabas con el mutis que hiciste en la escena de nuestra despedida, la última que representamos juntos. Y caí en la tentación de hablarte como si fueras aquel mismo personaje. Todos caemos en tentaciones alguna vez.

LORENZO: Todos, es verdad. Yo también, cuando terminó la función, debí marcharme a casa como hicieron los demás espectadores.

LAURA: Te marchas ahora. *(Sonríe.)* No deben lamentarse las cosas que ya no tienen remedio. Anda.

LORENZO: Adiós. *(Han llegado cerca de la puerta y están con las manos cogidas. Se besan. Pausa.)* Adiós.

LAURA: Anda, vete.

LORENZO: Te quiero.

LAURA: *(Se separa.)* Anda, vete, vete. No eches más palabras encima. Las palabras...

LORENZO: *(La vuelve a besar.)* ¿Las palabras...?

LAURA: *(Va a apoyarse en la pared.)* Nada. Que adiós.

LORENZO: Adiós no. Miraré desde la calle a tu

116

balcón. Estaré en la acera de enfrente cinco minutos como entonces, cuando reñíamos. Acuérdate. ¿Te acuerdas?

LAURA: No lo hagas.

LORENZO: Cinco minutos justos. Debajo del farol. Di si te acuerdas.

LAURA: *(Débilmente.)* Sí.

LORENZO: *(La obliga a mirarle.)* Muchas cosas se podrían hacer todavía, Laura. Si te asomas es que has cambiado de opinión y que quieres que volvamos a vernos. *(Seguro.)* Te asomarás.

LAURA: Adiós, Lorenzo. No me asomaré.

LORENZO: Yo esperaré de todos modos. *(La besa y sale.)*

ESCENA CUARTA. LAURA SOLA. LUEGO INÉS

(LAURA *al quedarse sola, está un rato inmóvil mirando la puerta. Luego va a echarse en la cama y enciende un pitillo. Lo apaga enseguida. Se levanta. Se sienta en el sofá con la cara tapada. Luego mira el reloj. Se levanta y avanza hacia el balcón. Retrocede vivamente. Mira de nuevo la hora. Por fin, va a avanzar decidida hacia el balcón, pero cuando ya está llegando se detiene. Ha sonado el timbre de la calle. Se pega a la pared, detrás de la puerta, sin atreverse a tomar ninguna actitud. Pequeña pausa. Rumor de conversación fuera. Por fin la puerta, que había quedado entreabierta, es empujada suavemente y asoma la cabeza* INÉS; *la cual, al no ver a* LAURA, *introduce el cuerpo con un gesto de indecisión y timidez parecido al de su aparición en el acto primero. También ahora trae la maleta en la mano.*

Entra de puntillas. LAURA *habla a su espalda y la asusta.)*

LAURA: *(Sin moverse.)* Hola.

INÉS: ¡Ay! *(Se le cae la maleta.)* Chica, ¡qué susto!

LAURA: Sustos los que das tú. Entras como un duende.

INÉS: Perdona, ya sé que no son horas, pero he visto luz desde la calle. *(Pausa.)* Me ha abierto Toni. *(LAURA, distraída, mira el balcón.)* ¿Qué haces ahí tan quieta?

LAURA: *(Avanza con aire ausente.)* Nada...

INÉS: ¿Estabas ensayando algo de teatro?

LAURA: Pues sí, en cierto modo.

INÉS: A lo mejor he sido inoportuna.

LAURA: Al contrario, muy oportuna. Siéntate. ¿Qué es de tu vida?

INÉS: *(Sin sentarse.)* Ahora bien. Pero he estado mala.

LAURA: Ya, ya lo sé. Llamé un día a tu pensión y me lo dijeron. Luego te fui a ver y ya no estabas.

INÉS: ¿Por qué no me buscaste? Te he echado de menos.

LAURA: Pero, chica, Talo me dijo que te habías puesto enferma por mi culpa, que era mejor que no me vieras en algún tiempo. ¡No me vengáis ahora con historias! Me contó que te

119

iba a llevar a su casa. Has estado allí, ¿no? (INÉS *asiente con ojos de pasmo.*) Supe eso, pues bien; ya tranquila. Quedabas en buenas manos.

INÉS: Pero yo no dije nada de que no quisiera verte. Ni siquiera sabía...

LAURA: *(Con impaciencia.)* ¡Si es lo mismo! No irás a creer que me he ofendido. Ya sabes que no me gusta meterme a redentora más que cuando no queda otro remedio. Es un oficio molestísimo. *(Con voz normal y sincera.)* Además pensé que en eso tenía razón él, te lo aseguro. Valgo poco para tener que ver con enfermos de los nervios. *(Pausa.)* ¿Qué tal estás? Talo me ha dicho que ya estabas bien.

INÉS: Sí, ya estoy bien. Pero no entiendo. Talo..., ¿cuándo has hablado con él para que te cuente todas esas cosas? Dice que no ha vuelto a verte.

LAURA: No es verdad. Me llama mucho y viene al teatro algunas noches. Claro que no se te ocurrirá tener celos, siempre es para hablarme de lo bien que se lleva contigo y de lo felices que sois. Yo me alegro de que sea así, pero tengo miedo: lo repite demasiado. ¿Sois tan felices como dice él?

INÉS: *(Torvamente.)* No somos felices. *(Pausa. Sigue de pie y está mirando los carteles pegados en la pared.)*

LAURA: Lo siento. Aunque quizá es mejor. Toma un trago, anda.

INÉS: *(Se sirve algo y bebe en silencio.)* No quiero entretenerme mucho. He venido a despedirme, ¿sabes? Me vuelvo a Huesca.

LAURA: ¿A Huesca? ¿Ahora?

INÉS: Sí. Me han escrito hace tiempo para lo de la venta del piso. No lo puedo dejar más. Tengo que ir.

LAURA: Pero no tenías ganas. Dijiste que le ibas a mandar un poder a tu tía, ¿no?

INÉS: He cambiado de opinión.

LAURA: Eso está bien.

INÉS: ¿El qué?

LAURA: Cambiar de opinión. *(Pausa.)* ¿Y piensas quedarte mucho?

INÉS: Todo el verano por lo menos.

LAURA: ¿Todo el verano? Talo quería llevarte con ellos a la finca, ¿no? (INÉS *asiente.)* ¿Y qué dice ahora de esto?

INÉS: No lo sabe. Lo he decidido esta mañana.

LAURA: Ah... *(Pausa.)* Bueno, siéntate, mujer, aunque sea poco rato. (INÉS *lo hace.)* ¿Y se puede saber lo que vas a pintar tú en Huesca todo el verano?

INÉS: No lo sé. Pero sé lo que no pinto aquí.

LAURA: ¿Qué te ha pasado con Gonzalo? ¿Se ha cansado de ti?

INÉS: ¡Está cansado de todo! Ni siquiera sabe por qué se agarra a mí: por agarrarse a algo; ¡porque se ahoga! *(Pausa.)* Y no voy a ahogarme con él. Si nos casáramos, los dos nos iríamos a pique.

LAURA: Ya... ¿Te ha hablado de casarse?

INÉS: Siempre de un modo indeciso, porque es cobarde. Pero si me hubiera empeñado yo... En fin, no sé; a lo mejor te parezco pretenciosa.

LAURA: No, mujer, ¡qué cosas dices!

INÉS: Me refiero a que él no sabe lo que quiere, ¿entiendes?, y que con un poco de táctica me habría sido fácil resultarle imprescindible.

LAURA: ¿No le quieres?

INÉS: ¡Lo que no quiero es aprovecharme de la debilidad de nadie, ni que se aprovechen de la mía! Por eso me voy. *(Pausa.)*

LAURA: Sí. Le ayudan demasiado. Aprenderá mucho, Inés, cuando se quede sin ti.

INÉS: ¡Qué va! Ni siquiera me echará de menos. *(Con desaliento.)* Mi compañía le irrita inútilmente, no le sirve de nada.

LAURA: Tu ausencia le puede servir.

INÉS: No creo. *(Pensativa.)* Yo tampoco sé lo que quiero.

LAURA: Pero vas empezando a saber lo que no quieres. ¿Te parece poco?

INÉS: Muy poco. Hay que saber lo que se quiere.

LAURA: ¡O no! *(INÉS la mira.)* No te fíes de los que saben muy bien lo que quieren, de esos que van por la vida como por raíles. *(Pausa.)* El que sabe lo que quiere, no atiende más que a eso, no se entera de nada más.

INÉS: Pero sabe lo que quiere. Tiene una meta.

LAURA: ¡No hay ninguna meta! Y es un error perderse el camino por mirar a lo lejos.

INÉS: No digas eso. Tiene que haber una meta, Laura. La que sea. Lo contrario es demasiado triste. *(Pausa.)*

LAURA: Anda, no arrugues la frente. *(Se levanta a buscar la botella y un vaso y vuelve junto a ella.)* Siempre es malo creer que se ha llegado, te lo digo yo. Las cosas no hacen más que avanzar, son un puro viaje. *(Levanta su vaso.)* ¡Ánimo, Inés! ¿Ves? Ahora tú y yo nos despedimos, bebemos juntas. Luego sucederán otras cosas. Pero eso no es triste. ¿En qué piensas?

INÉS: Yo creo que algunas cosas, cuando sucedan, deben ser como llegar a una meta. Estoy segura.

LAURA: ¿Qué cosas?

INÉS: Casarse, por ejemplo. Con alguien que te quiera para toda la vida.

LAURA: ¿Casarse? *(Sonríe.)* ¡Igual que todo! Es un accidente del viaje. El que lo ve como una meta, piensa que ya ha caído el telón y deja de vivir.

INÉS: Bueno, pero el telón tendrá que caer alguna vez. Tú dices que la vida es como el teatro; y en el teatro nunca cae el telón hasta que algo se arregla.

LAURA: *(Vivamente.)* ¡Mal hecho! ¡Mal teatro! No hay un momento mejor que otro para el telón; siempre cae sobre algo por terminar. *(Pausa, la mira con cariño.)* Anda, bebe, desarruga ese ceño y prepara un poco de risa, no vaya a caer ahora mismo. (INÉS *la mira, divertida.)* El telón, digo.

INÉS: *(Sonríe, con desconcierto.)* ¿Ahora mismo? ¿Qué telón?

LAURA: Uno que hay siempre ahí. *(Lo señala.)* Sobre nosotros. Y que podría caer por sorpresa, ¡ras! No sería tan mal momento. Yo estoy de buen humor. ¿Tú?

INÉS: También; no sé lo que me pasa contigo. Me haces ver un telón ahí encima, me haces reír sobre las cosas más tristes. No se sabe de dónde sacas la risa.

LAURA: De un sombrero de copa, como los prestidigitadores. *(Ríe. Pausa. Beben.)* Además no sé por qué no vamos a reírnos tú y yo en este momento. Nos despedimos, pero cada cosa que acaba es una que empieza. Y volverás.

INÉS: Sí. Ahora me parece que sí.

LAURA: En este viaje, algo has aprendido. Cuando vuelvas, Inés, no será ya para apoyarte en unos y otros.

INÉS: Eso espero. *(Sin levantar los ojos.)* Me llevo algunos libros de medicina, ¿sabes?, para verlos en Huesca.

LAURA: ¿Libros de medicina?

INÉS: Sí. He ido por la facultad con un amigo de Talo. Me gusta esa carrera. *(La mira tímidamente.)* Si cojo el dinero de la herencia, a lo mejor vengo y me matriculo en octubre, en lugar de volver a intentar empleos que no me van ni me vienen. ¿Qué te parece?

LAURA: Me alegro. Pero se irá viendo cuando lo hagas. Decidirlo es poco.

INÉS: Ya, muy poco. No pensaba habérselo dicho a nadie.

LAURA: No te apures; es como si no se lo hubieras dicho a nadie. *(Pausa. Va hacia la cama y se tiende.)* Me voy a echar un poco, ¿sabes?, estoy agotada. Pero tú quédate; no tengo sueño y me haces compañía.

INÉS: Debe ser cansado hacer teatro.

LAURA: Un poco, sobre todo repetir. Ahora estamos ensayando una obra de Priestley. *(Señala la mesa donde habrá unas cuartillas. INÉS las coge y las ojea.)* Ése es mi papel. Me gusta mucho.

125

INÉS: *(Tras una pausa, durante la cual* LAURA *habrá cerrado los ojos, la mira, apura su vaso y se levanta.)* Bueno, me voy ya. El primer tren sale dentro de una hora.

LAURA: ¿No quieres dormir aquí conmigo? Te puedes ir mañana.

INÉS: No. Prefiero irme hoy. *(Se arrodilla y abre la maleta.)*

LAURA: *(Se levanta.)* ¿Qué haces?

INÉS: Buscaba esto. *(Saca una especie de banderín con dibujos y letreros.)* Te lo traje cuando vine, pero nunca había encontrado ocasión de dártelo. ¿Lo conoces?

LAURA: Claro, un cartel de teatro de los que bordé para nuestras funciones, cuando tú eras pequeña.

INÉS: ¿Te gusta tenerlo?

LAURA: *(Lo coge.)* Mucho. Lo pincharé en la pared. ¿Yo qué te daría?

INÉS: Nada. No me des nada.

LAURA: Sí, quiero darte algún amuleto. *(De repente.)* Ah, mira, ya está. El anillo de Lorenzo. *(Se lo intenta sacar.)* Lo malo es que no sé si va a querer salir.

INÉS: ¡Pero no, mujer! Eso no. ¿Cómo me vas a dar eso?

LAURA: ¿Cómo? Sacándolo con agua y jabón. *(Se frota el dedo en el lavabo.)* ¿Por qué no te lo voy a dar?

126

INÉS: Porque tú lo has llevado mucho tiempo.

LAURA: Por eso. Ya se ha quedado chico. Si sale, es tuyo.

INÉS: No quiero, no. Además, te daba suerte.

LAURA: Son mentiras que le gusta creerse a uno. Y, en todo caso, ahora te la dará a ti. *(Consigue sacarlo.)* ¡Por fin! *(Metiéndoselo a INÉS.)* ¿Ves qué bien te entra? Tú tienes los dedos más finos.

INÉS: Me gusta mucho, pero no sé qué me da. ¡Lo querías tanto!

LAURA: Sí, demasiado. Es bueno traspasar las cosas, no tenerles tanto respeto. Te queda muy bonito.

INÉS: Mucho. Gracias. *(Se abrazan.)* Gracias por todo, Laura.

LAURA: ¿No te acompaño?

INÉS: No. Prefiero volver sola. Como vine.

LAURA: Está bien. Valiente. Que tengas buen viaje.

INÉS: ¡Adiós!

(INÉS sale rápidamente y LAURA se asoma al balcón. Pausa. Llaman al teléfono. Entra a atenderlo.)

LAURA: Diga... *(Afectando la voz.)* No, no. Aquí no es. Se ha equivocado. Que no. De nada. *(Va a asomarse y vuelve a sonar. Lo tapa con un almohadón y sale. De espaldas, desde el balcón.)* ¡Inés! Adiós, bonita. ¡Hasta octubre! ¡Escríbeme! Sí, yo también, sin falta. ¡Buen viaje! *(Le envía un beso con la mano.)*

(Entra lentamente y destapa el teléfono que sigue sonando. Lo mira y en ese momento deja de sonar. LAURA *coge el aparato y sale a la puerta.)* ¡Toni! Saco el teléfono. Si llaman, no me avises. Voy a dormirme ya.

TONI: *(Fuera.)* De acuerdo. Que descanses.

LAURA: *(Queda parada en medio de la habitación. Enciende un pitillo y coge unas cuartillas de encima de la mesa. Se pone a pasear, mientras recita, tratando de dar a su voz una emoción contenida.)* «Pronto trataré de verte otra vez y no lograré nada, un borrón, mientras que miles de rostros que no tienen significación alguna vendrán a interponerse entre nosotros. *(Pausa. El teléfono ha empezado a sonar otra vez en el pasillo.)* Este mundo es duro con el amor, Oliver. Ni siquiera el recuerdo de un rostro permanecerá para consolarnos...»

*(*LAURA *llora silenciosamente. Llaman a la puerta y entra* TONI.*)*

TONI: *(En voz baja.)* ...Perdona, me parece que es tu amigo, el de antes. ¿Le digo que estás dormida?

(Empieza a caer el telón. LAURA *afirma con la cabeza.)*

LAURA: ... Ni siquiera el recuerdo de un rostro...

128

TONI: *(Antes de salir, la mira con gesto solícito.)* ¿Pero qué te pasa, guapa? ¿Estás llorando?

LAURA: *(Sonriendo entre lágrimas y señalando las cuartillas.)* No, Toni. Estoy representando.

TELÓN RÁPIDO

ÍNDICE